古岳 著 棕熊 与 房子

 青海人民出版社

图书在版编目（CIP）数据

棕熊与房子 / 古岳著. -- 西宁：青海人民出版社，2019.4
ISBN 978-7-225-05750-7

Ⅰ.①棕… Ⅱ.①古… Ⅲ.①故事—作品集—中国—当代 Ⅳ.① I247.81

中国版本图书馆 CIP 数据核字 (2019) 第 058021 号

棕熊与房子

古岳 著

出 版 人	樊原成
出版发行	青海人民出版社有限责任公司
	西宁市五四西路 71 号 邮政编码：810023 电话：（0971）6143426（总编室）
发行热线	（0971）6143516 / 6137730
网　　址	http://www.qhrmcbs.com
印　　刷	青海西宁印刷厂
经　　销	新华书店
开　　本	850 mm × 1168 mm 1/32
印　　张	7.625
字　　数	120 千
版　　次	2019 年 7 月第 1 版　2019 年 7 月第 1 次印刷
书　　号	ISBN 978-7-225-05750-7
定　　价	36.00 元

版权所有　侵权必究

自序

"每次看到关在笼子里的雪豹，我都会暂时忘记那些铁栅栏，想起我们曾在大雪纷飞的荒凉山坡上见面。希望其他人也能获得这种个人记忆中的美景，直到永远。"

这是世界著名野生生物学家乔治·夏勒在《与兽同在——一位博物学家的野外考察手记》一书中的一段话。我曾有幸与夏勒博士有过一两次会面，并作过一次算得上深入的交谈。以我的体会，他是想告诉我们，对很多人来说，除了关在铁笼子里的那些珍稀野生动物，很多野生动物其实我们已经难得一见，能在旷野见到它们的机会更是非常有限。而对一个人来说，那样的记忆却是何等珍贵！他希望人们的记忆中永远能有这样的美景。

因为生于乡野山村和我所从事新闻职业的缘故——在这个意义上，我可以说是个幸运的人。我从小生活长大的地方，一直到今天还能看到很多的野生动物，尤其是鸟类。而职业又为我提供了一个可以到处行走的便利条件，因为喜欢山野，所以，我大半生的时间都是在山野间行走，便也有机会见到过不少的野生动物，至少青藏高原的很多野生动物是见过的，譬如野牦牛、藏羚羊、棕熊、雪豹、藏野驴、岩羊、盘羊、白唇鹿、马鹿、藏原羚、黑颈鹤、天鹅、蓝马鸡、戴胜、秃鹫、草原雕、狐狸、狼等等，都给我留下了深刻的记忆。而且，我还喜欢留意搜集有关这些动物的传说和故事，加上自己的亲身经历和体验，就成了人生中的一大收获和乐事。

前些日子，想起曾经的那些往事，按捺不住，随手写下了一些文字，觉得里面所讲述的那些事情是耐人寻味的，于是心中充满喜悦。对很多人来说，它可能也具有这样的意义，便有了一种想与更多的人分享这份快乐的冲动。是的，我写的是一群动物的故事，你可以说它们都是我的朋友，你也可以这样看待它们。从很多动物身上我们看到，它们与人类曾经是何等的亲密，它们身上烙有人类文化的神秘印记。人类也一直在津津有味地讲述它们的故事，像是在回忆自己的童年往事。

不过，请记住，我并不是一个野生生物学家，也非自然博物学家，而只是一个自然书写者，我写这些文字的目只是想留住一种记忆。在很多方面，我的观察和判断未必是正确的，至少我并不十分确定——很有可能还是非常荒谬的，只是自己的一种猜想。可是谁又能确定呢？我们与它们无法像人与人那样交谈——虽然我们确实是朋友，至少应该是朋友——甚至也无法近距离接触，比如握个手、道个别什么的。它们做出一些匪夷所思的奇怪举动时，究竟在想些什么，其真实的目又是什么，我不得而知。比如你写一头狮子或一头鹿，即使再精彩的书写，那也是人的感觉，是一个人留下的某种痕迹，而在狮子和鹿的眼里未必是这样，也许什么都不是，它们说不定会觉得那是一种羞辱。

这也许是自然书写的一大局限。说白了，我们试图以书写者的视角和心思在讲述一个自己并不太清楚的世界，自以为是。但这并不意味着这样的努力是一种徒劳，恰恰相反，它会使我们以自己的方式去理解并亲近大自然，探索构建一种相互感知和信赖途径的可能。假如我们的本意是友善的，进而用这样的书写传递一种天地伦理的悲悯情怀，唤醒对自然万物的慈悲之心，相信万物会感受到我们的慈悲，并以它们的方式将万物更大的慈悲回赠给我们。我们与大自然原本并没有这么大的隔阂，而是血脉相连，心心相印。只是到后来，我们才渐行渐远，好像远得已经无法回去。这就像原本我们手中有一把钥匙，可以打开一扇门，可是我们把它遗失了。于是，我们就像一个回不了家的孩子，到处找寻这把钥匙。我们需要找回这把钥匙。而从根本上讲，自然书写的意义在于大自然本身所启示的奥义，一个写作者所能做的就是静静地讲述记忆中的那些往事，尽可能地留住那些记忆，也许还有自己的意外发现。不过，在书写之前，他最好先把自己放回到大自然的怀抱里，只有这样，他才能看到自己的渺小，找回自己的谦卑。尔后，试着书写自然万物的荣光和自己作为生命的骄傲，与更多的人去分享大自然的奥义和生命的荣耀。他本身并不通晓秘密，他只是一个秘密的传递者。秘密一直被大自然本身所珍藏。

从这个意义上说，所谓自然书写，或许真的是一种描摹自己并不熟悉的事物时所留下的痕迹。就像加里·斯奈德所说的那样："叙事是我们留在世上的一种痕迹。我们所有的文学都是痕迹，就像我们的同类——荒野人留下的神话，他们留下的只是神话和一点石器。其他种类的生物有他们自己的文学。在鹿的世界里，叙事是一种气味痕迹，从鹿通向鹿，一种天然的诠释艺术。"加里·斯奈德以自然书写著称于世，他所倡导的处所生存观、重新栖居观对自然书写或世界生态文学创作影响深远。

维克多·雨果说："在人与动物、花朵等自然创造的事物之间的关系中，存在一种伟大的准则，至今罕有人知，但终会人所共知。"（转引自乔治·夏勒所著《与兽同在》）想必，生灵万物都在遵循这样一个伟大准则，它应该是自然万物恒定的伦理秩序，所有的自然书写都应具有深切的伦理情怀。自然万物看似各自独立，实则机缘巧合，进而成为一个生命共同体、一个循环系统、一个生生不息的链条。它们环环相扣，既互为支撑，又相互约束，并为之自觉扮演着非常重要的角色，以求得万物的和谐与平衡。蝼蚁爬虫、飞禽走兽以及所有的动植物（包括人类）概莫能外。

"一种循环就这样形成了。这种循环能使苏门羚免遭病毒和细菌的侵害。不仅麝，不仅动物，山野之上的许多植物对空气、土壤、水体都有净化的意义,甚至对整个大自然都会产生极其微妙的调节和平衡作用。当然,还有各种各样的矿物也在其中扮演着重要的角色。那应该是一个由分子、原子和粒子组成的微循环系统,调伏生命万物的神经,并疏通其筋脉,使其运行自在圆满。何为自在?自在就是你在,你在就是他在,就是一切都在。一切的自在,就是圆满。生命万物需要这种亲密无间的协调与配合,它是我们这个星球和宇宙得以存在和维系的内在逻辑,并使之成为一个整体,缺一不可。有舍才会得,施爱者一定会被爱,这便是慈悲。这是何等殊胜的造化?虽然,看不见,但它无处不在。我们唯一要做的就是让它一如既往地延续下去,因为,这也是我们自身得以延续下去的根基。"

这是我在《麝与四不像(苏门羚)》一文中写下的一段话,这段话的前面我写到了一条路,一条麝走过的路,路上弥漫着麝香,对万物有益——依加里·斯奈德的说法,那是麝的文学叙事,一种天然的诠释艺术,一种痕迹、一种弥散香气的痕迹。

希望你也能闻到那奇异的香味。

Contents

目录

- 狼·兔子·狐狸 ... 1
- 猫与猫头鹰 ... 10
- 布谷鸟·喜鹊·百灵鸟 ... 16
- 子鼠丑牛·猫 ... 26
- 鼠·鼠兔·鹰 ... 38
- 恐龙·人类·鼠类 ... 47
- 麝与四不像 ... 58
- 家牦牛与野牦牛 ... 65
- 藏野驴之路 ... 81
- 猎人与鹿 ... 89
- 棕熊与房子 ... 102
- 蓝马鸡,白马鸡 ... 109

棕熊与房子

Contents

目录

野鸡或雉鸟	120
乌鸦的秋天	128
瞎老鼠的生存之道	137
藏羚羊之谜	147
驴·马·骡	156
蛇之灵	168
远方的野兔	178
黑颈鹤	187
羊的事	199
山羊	207
藏狗	216
湟鱼与蝌蚪	226

棕熊与房子

狼·兔子·狐狸

藏族有一句俗语："人前的兔子人后的狼。"它有借物喻人的意思，但也确实是在说兔子和狼的事。在人面前一只兔子会显得很从容自在，不会惊慌失措，也不会让你看出它害怕的样子。其实，那是它特意装出来给你看的。兔子最为胆小，说不定在这样做的时候，它早已吓得尿都出来了。但是，当着你的面，它不会乱了方寸，善于伪装是兔子的看家本领。情急之下，兔子还会装死，这是猎人们经常会看到的一幕。它会在安全逃离之后，才显出吓坏了的样子。一只兔子逃离之后，如果你能设法在不远的地方再次见到它，那么，你就

会看到它被吓坏了的样子。它很可能正躲在草丛里大口地喘着气,像是魂儿都没了。即使逃离,一只兔子也不会跑很远,也许就在旁边的草丛里。也许在它看来,只要离开人的视线,就安全了,没必要跑太远。另外,因为兔子前腿短而后腿长的缘故,一只逃命的兔子会想尽办法选择上山的路线逃走,这样它几下就会从山下跳到山顶。如果不得已选择了下山的路线,那无异于是一条死路,因为下山时,它几乎每跑一步都要栽一个跟头,那不是走而是滚。

我曾在山野多次与一只野兔邂逅,那情景像是两个不期而遇的故人。也许是它先看到我的,因为,我看见它的时候,它已经在看我。它正蹲在草丛里,两只金黄的小眼睛滴溜溜地转着,两条前腿抱在胸前,嘴唇快速地蠕动着——可能正在嚼一嘴青草,还没来得及吞咽。看上去,它像是早就料到我会出现在那个地方的样子,一点儿也不感到吃惊,依然在咀嚼它的青草,享受它的美味。而且,也没有要逃走的迹象。反倒是我,因为眼前突然出现了一只兔子,猝不及防,停止了行走,步伐被打乱。一时竟忘了自己走到这里的目的,所能确定的是,我肯定不是来见一只兔子的。它为什么会在那个时候出现在那个地方,我不得而知。于是,有好一阵子,我们彼此僵持在那里，不敢动弹，那应该是静观其变。好像谁要是动一下，就会使自己陷于被动。当然，僵持不会一直持续下去。很快，我已经回过神来，清楚地意识到，对面只是一只兔子，你不必惊慌，更不必害怕。但是，我也确实不知道接下来自己该干什么，转身离开？似乎有点不妥，觉得那样，自己在一只兔子面前很没面子，像是我很怕它，而其实，我并不害怕。可是，我又不能挪动脚步向前走去，因为它就在前面，再往前一步，我就没地方落脚。跟你直说了吧，我也根本没打算一下扑上前去，把它逮住。因为，逮一只兔子并不在我这一天的计划之列，那会彻底改变我一天的生活，而我从未想过要改变这一天生活的样子。我在脑海中迅速地搜寻着打破这个僵局的一个计策，最后，我想，在进一步行动之前，先得跟它打个招呼。思来想去，最后，我只说了三个字："你好啊！"说话时，还友好地向它轻轻挥了挥手。那一瞬间，我看到它咧了咧嘴唇，像是在嘲笑。我以为，它也要说点什么，可是没有，就在我挥手之间，它噌一下就跳进草丛里不见了。还有一次，我走进一片草丛尿尿，一只兔子蹲在那里，我却没有看到。它可能被吓了一跳，跳起来，同时也吓了我一跳，赶紧憋住尿看时，它以惯常的做法和姿态窜入旁边的草丛里了。

而与兔子相比,狼的表现正好相反。一匹狼一旦与人正面遭遇,它会非常惊慌,甚至不知道该怎么挪动脚步。我曾在路上几次与一匹狼正面相遇——当然,我身边还有其他人,如果是我一个人,我有没有胆量和心思留意它的一举一动,还说不定——我看到狼时,它正一门心思地埋头走路,一副心事重重的样子。所以,直到离得很近了,它才发现前面有人。而这时,它已来不及躲避,只好硬着头皮迎上来。在万般无奈之下,我想,它是打定了主意要赌一把的。也许它早就料定,在无路可逃的情势下,即使有一群人,只要他们手无寸铁,它依然可以大摇大摆地从他们中间穿行而过。但是,狼不是兔子,它不善伪装,它所有的恐惧都会写在眼睛里,你会看到一层泪光在它眼睛里缓缓涌动,你甚至会觉察到它因为害怕四条腿正在剧烈地颤抖着。当它从几个行人身边颤颤巍巍地走过时,我感觉到了它的恐惧,也感觉到了人内心的恐惧,因为它是狼。但是,紧接着,我感觉到的是人内心的愤怒,他们无法忍受一匹狼会从他们身边不慌不忙走过的情景,那简直是奇耻大辱。于是,他们振臂高呼,像是要即刻投入战斗,一副要生吞活剥的架势。事后,等冷静下来之后,我才想，那一切不过是虚张声势而已。他们之所以要弄出些吓人的动静来，无非是想在狼面前找回些面子，在人面前找一个台阶下。其时，人还惊魂未定，而狼已经走远。

一匹走远了的狼会很快找回自信，显出它的淡定来。它知道，只要不是离得太近，人不会将它怎么样的，也奈何不了它。这时，它会恢复固有的步伐，缓缓走向一面山坡，走向山顶。一般而言，在翻过那道山梁之前，它一定会稍作停留，并回过头来看一眼山下的人影。有很多次，目睹这样的一幕时，我曾想象，此时此刻，一匹狼会作何感想？它会发出轻蔑的笑声，还是一声浩叹？它会不会感到后怕并由此对前途满怀忧虑？我最终所能确定的是，所有这些想象都出自人性而非狼的本意。

从那道山梁翻过去之后，那匹狼也不会加快前进的步伐，迅速向着远方逃离。假如，随后你能站在那山巅之上仔细搜寻，也不难找到它的踪影。它可能已经走远了，但不会很远。翻过那道山梁是它最后的逃离，危险在山的这面。但是，比起一只兔子来，一匹狼的确可以逃得更远一些。

比一匹狼逃得更远的是狐狸。一只狐狸在人面前会显得妩媚妖娆，甚至无比优雅。只见它迈着碎狐步，似走非走，

脚尖轻点地面，扭着腰肢，翘着尾巴，额头微微上仰，撅着小嘴巴，一对媚眼顾盼生情，像是在看你，又像是在众里寻他。不知狐步舞最初是否就是受了狐狸的启示，不过，近前看一只狐狸，的确会让你联想到妖艳的女子。想来，蒲松龄应该是一个与狐狸有不解之缘并对其做过细致观察的人，你看他笔下的那些狐狸精，哪一个不是妩媚惊艳、超凡脱俗的尤物？害得一个个书生舍命相随。

这是在人前。一只狐狸一旦从你身边走过去，稍稍离开一点，你会清楚地看到，它离开的速度会越来越快。远远看一只狐狸消失在视野中，你会感觉自己刚刚看到的是一道闪电，闪了一下，便不见了。很多次，在旷野里，我就是这样目睹一只狐狸从视野中消失掉的。如果你看到它从一道山梁翻过去，即使你随后就能站在那山梁上搜寻，也不会找到它的踪影。它早已不知去向。狐狸总是在背离你的地方，才会做出迅速逃离的决定，那是真正的逃离。这也许就是我们越来越看不到狐狸的原因。

猫与猫头鹰

在我看来，猫就是没长翅膀的猫头鹰，而猫头鹰就是长了翅膀的猫。

猫，我是熟悉的。父母在世时，家里一直养猫，养过很多只，有花猫、白猫，也有黑猫。我老家有一种说法，说所有动物都是有武功的，武功最高的当属猫科动物，尤以老虎为最，而老虎的功夫是猫传授的。一开始老虎拜猫为师，虚心求教，猫也是竭尽所能。严师出高徒，没用多长时间，老虎就已经练成了一身绝世武功。有一天猫对老虎说，我已将所有的功夫都传授给你了，再没什么可教你的，你出师了。

听得这话，老虎长舒一口气。一想到连日来一只小猫对自己极尽挑剔责难的往事，它气不打一处来。心想，这下好了，我再也不受你的管教了。毕竟是老虎，是山中之王，在离开师门之前，它想施展一下自己的身手，拿师父出出气。说做就做，它一个猛虎下山直取猫头。但师父就是师父，沉得住气。猫见老虎扑来，知道它要干什么，便厉声喝道：我可没教过你忤逆师父！不得胡来。老虎哪顾得上这些，张开大口正要活吞了自己的师父，却见猫只轻轻一跃，便在一棵树上了。老虎哪里见过这等轻功，一看傻眼了。急忙匍匐在地，问：师父，你是咋上去的？这一招你可没教过我。猫冷言道：我知道你会忤逆，就留了一招，以防万一。

　　受此影响，我对猫一直心存敬畏。如果在黑暗的夜里，我看见一只猫蹲在炕头上，火一样的猫眼正向我扫过来，我会吓得一哆嗦的。好像它射出来的不是目光，而是一支毒箭，透着一股寒气。后来，留心猫捉老鼠的情景，每次都看得我惊心动魄，目瞪口呆。便感觉，猫不得了。

　　猫头鹰，我虽然也见过，而且肯定不止一两次，却算不上熟悉。猫头鹰为夜行性动物，是鸟类世界的隐士，即使偶尔在白天也能看到其身影，多半它也耷拉着个脑袋，像是还

没有睡醒的样子。

据说，除南极洲之外，地球其余地方都有猫头鹰分布，种类也繁多，为鸮形目。猫头鹰头部宽硕，嘴短而粗壮，前段呈钩状，头部正面羽毛呈圆盘状排列生长，酷似猫头，故得名。在我老家的土话里，猫头鹰的名字叫"咕咕猫儿"，以叫声取其名，其总体的意思，也可以理解为像鹰一样的猫，或像猫一样的鹰，兼备猫科动物和猛禽类两大优势。由此可见，此物绝非等闲之辈。忽一日，听得一则事关猫头鹰的奇闻，对其更是敬畏有加。尽管，之前对此早有耳闻，但总觉得那是一种奇谈，属子虚乌有，不可信。可这一次从一个人口中听到，不由得我不信，我与他不仅是朋友和兄弟的关系，某种意义上说，我们的关系甚至已经超越了生死。他说，这是他亲眼所见的事情，你能不信吗？

他看到，一只猫头鹰将一只猫驱赶到一条小溪边上，让猫将头埋进水中拼命地喝水。座中有不解者，问：何故？友人答：猫头鹰要吃猫，嫌不干净，便令其拼命喝水，先把自己洗干净了，它才吃。猫胃小，喝不了太多水，喝几口就回过头来望着猫头鹰，像是在说喝得差不多了，它再也喝不了了。可是，猫头鹰觉得，喝得还不够多，让它继续喝。猫正

犹豫着，只见猫头鹰展开一只翅膀劈头盖脸地打过去，猫惨叫一声，又俯下身去拼命喝水。喝了一会儿，又停下。再喝，它就要撑死了。猫头鹰不管这些，还让它喝。当猫再次俯下身去喝水的时候，附近传来了一声狗叫，猫头鹰歪过头去听，分神了。猫觉察到了，嗖一下窜进树丛不见了。故事就此结束。他遂又补充道，猫头鹰喜食猫脑，以前也只是听说，有了这次经历，他相信那是真的。

　　闻者，无不毛骨悚然。寻思猫头鹰的师父又是谁呢？于是乎，半晌无语。静默时，仿佛有猫头鹰的叫声穿越时空而来，不禁森森然……想来，一只猫要是长出一对鹰的翅膀，或者一只鹰要是有了猫的身手，它既非猫亦非鹰，而是兼具二者之长，其地位也当在二者之上了。

布谷鸟·喜鹊·百灵鸟

我也曾留意一只喜鹊在树杈巢前与一只布谷鸟对峙的情景，以为那是在争吵，因为喜鹊一直在叫个不停，像是很生气的样子。我一直以为，布谷鸟霸占喜鹊的鸟巢，把自己的蛋产在鹊巢里，让喜鹊替它孵出小布谷来，并精心照料，让其长大，等羽翼丰满之后，才飞走，只是鸠占鹊巢而已，是一件不大光彩的事情。后来才发现，事情远非我所想象的那么简单，整个事件的背后还大有隐情，甚至还潜藏着鲜为人知的秘密。我想，那一定是生命的秘密。

在那天，它（喜鹊）的叫声充满了变化，这种变化是用快慢不一的节奏来呈现的，也是用单双音节的频繁变换来实现的。叫声虽然密集响亮，却不是惊恐的声音，而更像是哭诉，里面有悲切，有苦衷，有怨气，甚至有难言之隐。再看那布谷鸟，它几乎一言不发，间或沉稳地叫上一声，听上去像叹息，更像是斥责，一副冷酷无情、不容商量的样子。我暗自揣测，布谷鸟可能正在跟喜鹊说，它要在喜鹊窝里产下自己的蛋——或者已经产下了也是说不定的，让喜鹊好生照料。而喜鹊正向布谷鸟诉说它的艰难和不幸，说这样它自己的孩子就没法顺利来到这个世界——说不定有一两个孩子还没来到这个世界就得放弃自己的生命。

据科学观察，布谷鸟生性狡猾懒惰，不会自己筑巢孵卵，常常把蛋产在别的鸟窝里，等别的鸟孵出小布谷之后，又抢食其他小鸟的食物，甚至让同窝的鸟儿给它们喂食。喜鹊是几种把自己的鸟巢高高筑在树头上的鸟类之一，比之其他鸟儿建在地面灌木草丛或屋檐墙缝里的鸟窝，在那里产蛋孵卵更加安全。也许是因为这个缘故，布谷鸟更愿意将蛋产在鹊巢里。

老家的老人们告诉我，布谷鸟并不是将自己的蛋偷偷产在喜鹊窝里的，在选某个喜鹊窝产蛋之前，它一定会事先告

知对方，而且，不是商量，是命令。从体形上看，布谷鸟与喜鹊一般大小，而从羽毛的色彩看，布谷鸟远不及喜鹊漂亮。在我看来，一种鸟对另一种鸟的绝对臣服一定是建立在对方体形乃至凶猛程度的绝对优势之上，譬如一只小鸟对一只鹰。而较之喜鹊，布谷鸟显然没有这样的优势。那么，它凭什么来向喜鹊行使命令之权的呢？又是谁赋予了它这样的权力呢？虽然，在中国传统文化里，布谷鸟与喜鹊同属吉祥的鸟儿，但是，相比之下，我感觉，人们更喜欢喜鹊。翻开一部中国美术史，你会发现，除了仙鹤、白鹭，似乎再没有一种鸟儿能比得上喜鹊了。一只花喜鹊站在一朵盛开的梅花上，那叫"喜上眉（梅）梢"。别说是看到了，想一想，那一份喜气也会扑面而来。一代代艺术家将这样的画面画在宣纸上，描在瓷器上，刻在木板和石头上，传之后世，绵延不绝。这是何等的风光！我不大明白的是，这样一种鸟儿，怎么会甘愿受布谷鸟的摆布和欺负？但这毕竟是人类眼里的鸟儿，在鸟儿自己的世界里，事情也许并不是这样，也许它们有自己的生存法则——也许那才是生命的真相。

老人们说，神在创造所有生命并决定把它们留在世上的时候，最初就已经定好了所有的规则，任何生命都不可能超越其界限，包括会飞的鸟儿、会游的鱼和四条腿的动物、两条腿的人——当然，喜鹊与布谷鸟也不例外。他们说，布谷鸟虽然跟喜鹊一般大，但是辈分高，布谷鸟是喜鹊的舅舅。所以，喜鹊对布谷鸟必须言听计从，这是规矩。平日里布谷鸟与喜鹊并不生活在同一个地方，只有在一个季节里，它们才会飞来与喜鹊一起生活一段时间，就像是舅舅选了个日子到自己外甥家小住一段时间一样。舅舅辈分高，自然也得拿点架子，每年春夏季节，它也不会自己飞来，还得去请。每到布谷鸟飞来之前的一段时间里，据说到处都看不到喜鹊的影子，那是去请布谷鸟了。因为路途遥远，喜鹊怕布谷鸟旅途劳顿不肯来，就一路背着布谷鸟，才能把布谷鸟请来。趴在喜鹊背上飞行，虽然自己不用费力气了，但是布谷鸟还是担心，担心自己犯困睡着了，会掉下来，那是会送命的。喜鹊只好让布谷鸟在远距离迁徙时，用它尖利的嘴咬住自己脖颈上的羽毛，这样就安全了。这下可苦了喜鹊，等它们飞越千山万水，终于抵达目的地时，喜鹊的脖颈和后背上的羽毛都被它舅舅布谷鸟给拔掉了。我视力不好，记忆中所见到的每一只喜鹊，离我最近的也在丈余开外，没有看出个究竟来，但是，老人们说，他们都看到了，说那个时候喜鹊头顶和后

背上的羽毛的确是稀稀拉拉的，真像是刚刚被拔掉了的样子。我相信这是真的。

　　布谷鸟不仅在喜鹊窝里产蛋孵卵，还会把蛋产在百灵鸟和别的鸟窝里。百灵鸟的窝大凡都建在山坡灌丛和草丛里，安全度自然比不上鹊巢，遇到什么事儿，自身难保的事也是常有的，替布谷鸟照看鸟蛋和孵化，也免不了出点纰漏。可是，布谷鸟只看结果，不问青红皂白。一旦有一只布谷鸟蛋被别的什么动物吃了，或者刚孵出来的一只小布谷不小心得什么病死了，老布谷就拿百灵鸟是问。它没有耐心听你解释，更不会自己去调查原因，无论什么情况，结果只有两个字：赐死。可能是考虑到了百灵鸟擅长飞翔的缘故，布谷鸟赐百灵鸟吊死，就是悬梁自尽。不止一个人曾对我说起过，曾目睹一只百灵鸟吊死在一棵树上的情景。布谷鸟当然不会有三尺白绫赐予百灵鸟，无奈，百灵只好自己想办法，它找到了一棵树，先用自己的小尖嘴死死咬住一根细细的树枝，尔后，纵身一跃，将自己吊在半空中。而死亡不会即刻来临，吊在半空中时，它还得耐心地等待自己的死亡。初闻此言，顿觉毛骨悚然，竟吓出一身冷汗来。遂刻意留心观察，也许是因为在百灵鸟鸣啭飞翔的山坡上逗留的时间不够充足，我一直没有看到这样的鸟类悲剧上演。在所有的鸟类中，百灵鸟是我最熟悉的鸟儿了，那是一群自由快乐的山野小精灵。小时候，有好几年时间，我几乎每天都在山坡上看着百灵鸟飞翔鸣唱。它们无处不在，不经意间一抬头，一回眸，都能看到它们欢快地拍打着一对小翅膀在嘀溜嘀溜地鸣叫。一会儿，它们一圈圈盘旋着飞进了云层，飞着飞着，天空里只剩下了一个黑点儿，到后来，连那个黑点儿也看不见了，好像它们已经飞去了天堂。过一会儿，嗖的一下，随着一声长啸般尖利的鸣叫声刺穿云霄，它们又飞回来了，箭一样射向地面，眼看着快要狠狠地摔到地上了，而这时，那一对小翅膀又开始欢快地拍打起来……至今，我依然清晰地记得，无数的百灵鸟在蓝天白云的映衬下鸣叫着自由飞翔的情景。

据鸟类学家的观察和描述，大凡鸟类在为鸟巢选址时都非常注重隐蔽性，它们知道怎样将自己的窝隐藏在不易觉察的地方。在我所见过的鸟类中，体形较小的鸟大多会把自己的巢筑在茂密的灌丛和草丛里，也有筑在灌木枝杈上的。百灵鸟就属此类，如果栖息地附近有庄稼地，它们也会在庄稼地里筑巢——我想，那多半是它们分不清庄稼和草丛的缘故。村庄附近的有些鸟儿还会在屋檐和墙缝里筑巢，麻雀就是。

一种与麻雀大小相仿形似百灵的鸟儿喜欢在墙缝里筑巢，我不知道它的学名怎么叫，当地土话叫它"拉麻达儿"。也许是因为它跟蛇的关系非同一般的缘故，它看上去也有点阴险。也正因为它巢中常有毒蛇出入的缘故，即使再顽皮的孩子也不会贸然去侵扰它的领地。纵使这样，仍有一些鸟还是会有办法将自己的蛋产在别的鸟窝里。托马斯·金特里在《鸟巢的故事》中写道："虽然懂得隐藏，但一些聪明的鸟还是会察觉它们的踪影，辨识其巢的位置，然后将自己的卵产在其中，如燕八哥，所以很可能孵出的孩子中，有的是其他鸟类。"看来，鸠占鹊巢不只是布谷鸟的专利，它在鸟的王国里一直盛行。也许每一种生命都有自己必须遵循的生存法则，人类世界是这样，鸟类世界也是这样。

子鼠丑牛·猫

以十二生肖记岁计时当是人类文明史上的一件大事。有关十二生肖的传说也很多，至少有好几个版本流传于世。我所感兴趣的是子鼠丑牛这样的排序，老鼠为什么会排第一，是老大，而牛为什么会排第二，成为老二？还有，连老鼠都位列其中，为什么却没有猫？

传说中的原委大概是这样。考虑到因为没有时序管制给人间带来的诸多不便，玉皇大帝决定派一位属相时令官到人间征选十二种动物来给人当属相，当值年月时序之责，以归其属类顺序。可是，普天之下动物种类繁多，品貌不一，十二种动物尚不及万一，挂一漏万实属难免。怎么才能既可选出十二种动物，又能使其具有广泛的代表意义呢？属相时令官最后决定，将天庭此重大决定昭告天下，让所有动物提前知晓，做好充分准备。告示写明正式征选日期和地点，以赶到指定地点的先后顺序排名，选出前十二种动物，逾期不候。

据说，那个时候的老鼠是猫的奴仆——也有说那个时候猫和老鼠是好朋友，我认为此说亦不可信，猫和老鼠永远不可能成为朋友——接到通知时，它们两个正在河边钓鱼。猫便对奴仆老鼠说，我瞌睡多，早上总是醒不来，担心睡过头，会错过征选的时间，你记得叫醒我啊。老鼠立刻表示没问题，说老爷你就安心睡你的觉，到时间我会叫醒你的。可是，到了那一天，老鼠没有叫醒猫，它自己去了。临出门还看了猫一眼，看到猫还在呼呼大睡，它心里便偷着乐。刚出门走不远，它看到了牛。只见牛向前飞奔而去，想必也是去应选十二生肖的。它心想，天下绝大多数动物都比自己跑得快，如果真凭实力，十二生肖里哪还有我老鼠的份儿，说不定我还没走到半道上，征选活动就已经结束了。看来，不能死费力气拼命，只能智取。它一下跳到牛跟前说，牛大哥，以你的实力，十二生肖的老大非你莫属了。不过这大清早的，牛大哥可能还在犯迷糊，我唱首歌给你加油怎么样啊？老牛听着高兴，连声说好。老鼠就跟在牛屁股后面吱吱呀呀地唱开了。可是牛听不见，它让老鼠声音放大点。老鼠就说，牛大哥，我声音本来就小，再加上还得拼命奔跑才能跟得上你的步伐。这样吧，你要是不烦，干脆，我爬到你犄角尖上唱给你听，这样你就能听清楚了。老牛一想，这主意好，就让老鼠爬到它犄角尖上给它唱歌。这下它确实能听清老鼠的歌声了，奔跑起来也似乎更有劲儿了。不一会儿，它们就已经来到应选地点了。

当老牛发现已经站在生肖时令官面前的时候，觉得自己已经胜券在握了，便大喜过望，冲着堂上就哞哞地高呼起来：我老牛是第一。可是话音未落，一个尖细的声音叫道：我才是第一呢。听得叫声，大伙还不明白是怎么回事儿，以为是哪个动物在瞎起哄。可是定睛一看，牛角尖儿上却蹲着一只老鼠，那声音正是它发出来的。可不是吗？除了老鼠，谁还能发出那种尖叫声呢？说话间，它已经从牛角尖上窜下来，跳到牛前面站住了。听老鼠这么说，老牛不干，说老鼠使诈，应该取消其应选排序资格。只听得老鼠又是一声尖叫，说道：

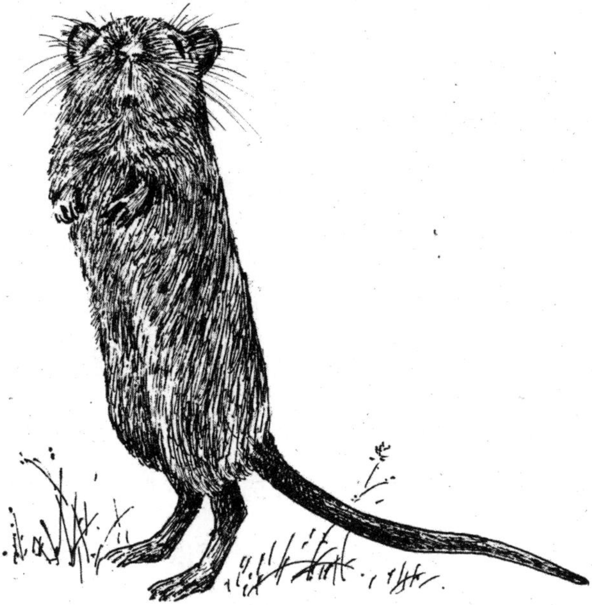

规矩上写得很清楚,谁先到谁排第一。我老鼠在你前面,这是事实。一路上,我都在你前面。我问你,是你尾巴在前呢还是你犄角在前?老牛理直气壮地答道,当然是我的犄角在前面了。老鼠说,那不就结了,这一路我都在你犄角尖上给你唱歌加油来着。而现在,大家都看到了,我的确是在你前面。要么这规矩不要了,要么就得说话算数。谁能说不要规矩了呢?规矩是说不要就能不要的吗?那是铁板上钉钉,定出来就是要执行的。就这样,老鼠排在了十二生肖的第一位,是老大。从此,鼠大牛二,子鼠丑牛,就成了规矩。

这个故事,我是打小就听过的——小时候听过的很多故事,大多记不清了,而这个故事却还记得。当时便觉得这不公平,把大象、狮子、长颈鹿、北极熊等很多动物排除在外不公平,老鼠排第一更不公平。还有,连鸡都在其列,那么,天鹅呢?龙自然是要必须选上的,那么,凤凰呢?是否也应该当选?如此想来,这个排序的标准有问题。再说了,总共十二种动物,细看,野生的选了五种,依排序分别是:老鼠、老虎、龙——它在天上,非家养之物,当属野生之类——蛇、猴;家养的选了七种,依排序分别是:牛、兔、马、羊、鸡、狗、猪。在整个动物界看来,无论数量还是种类都以野生居多,占绝对优势，而且，野生动物是家养动物的祖先，比如狼就是狗的祖先，可在十二生肖里只占少数席位，这也不公平。

小时候，不大懂事，还以为十二生肖是管整个地球的，长大之后才明白它只管中国这片土地，顶多涉及中国周边一些地区。如此，很多动物没在这份名单上也就不难理解了，也不再对动物界的这类不公平愤愤不平了。可是，一些迹象表明，对此，动物界的很多动物至今都还耿耿于怀。譬如猫对老鼠。当然，老鼠可能并不这样看，在它眼里，猫有今天，那是咎由自取。

老鼠与猫的仇恨可谓由来已久。据说，老鼠是人类最早的宠物和伴侣，是人类喂养的，它从不偷食。当然，那个时候，也还没有十二生肖一说，人类也还没有养过猫。一开始，人可能只养了一只老鼠，可是有一天，这只老鼠一下生出一窝小老鼠来，竟有六七只。人一看，这也太多了，比家里的人还多，大有喧宾夺主的架势。要是不赶紧想办法制止，过不了多久，那一窝小老鼠也会生出一窝一窝的小老鼠来。经多方打听，他听说世上有一种叫猫的动物，是动物界的武林霸主。他设法把一只猫带回家里的那天，把自己也吓了一跳。猫是他抱在怀里进家门的，进门时，六七只老鼠正在院子里嬉闹玩耍。人还没

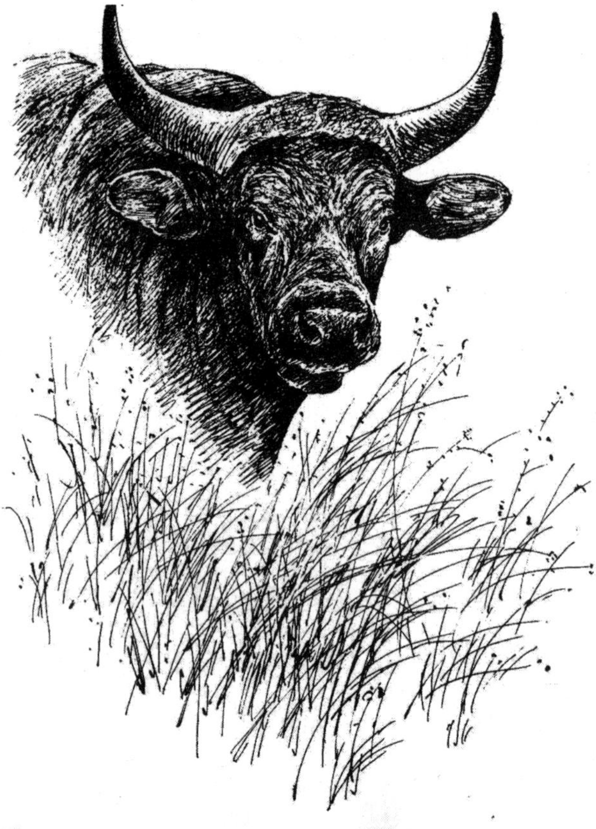

反应过来是怎么回事，那猫却嗖一下凌空飞去。等它落地时，只见它用四只猫爪各压住了一只老鼠，嘴里还叼着一只，只用一招，五只老鼠就给灭了。这还了得，如果再来一下，这世界上就没老鼠了。主人顿生怜悯，高喊道，还不快跑。见状，刚刚回过神来的几只老鼠这才抱头鼠窜，逃之夭夭，躲过一劫。从此，老鼠对猫的仇算是记下了，对人的怨恨便也开始了。后来迫于猫的淫威，老鼠不得不委曲求全，单等有朝一日，一雪前耻。入选十二生肖并排在诸生肖之首，更主要的是猫还不在其列，总算是报了一箭之仇。后来的历史也足以证明，尽管人类仰仗猫来捉老鼠，甚至还发明捕鼠器和毒药来对付老鼠，但老鼠的种群数量非但没有减少，而且呈日益壮大之势。如假以时日，老鼠像人类一样独霸天下也不是没有一点可能，那要看我们以什么样的方式来对待老鼠了。

　　传说中的猫无疑是动物界的佼佼者，连兽中之王——老虎的本领都是它传授的，你想，其地位何等了得？但是，也许是它太高高在上了，所谓高处不胜寒，在动物界树敌不少。老鼠对猫的背信弃义，可以被看作是对猫长期欺压的一种复仇。以人类惯常的心态看，这似乎是一种公愤。老鼠过街人人喊打，那是人类的看法，在动物界，猫可能类似于人眼中的老鼠。除了老鼠，还有一种动物对猫的仇恨也到了咬牙切齿的地步，那就是狗。

相传，当初狗的地位相当于后来的猫。那个时候，狗是被主人养在炕上的，而猫则放在院门外肩负警戒放哨之责，捎带提防老鼠。一天，主人要让狗去一个地方取一部真经，担心狗只身前去没有监督，似有不妥，便责令猫同往，协助狗来完成使命。往返途中要过一条大河，猫不会游泳，过河时自然要让狗背着它。取经回来时，唯恐有所闪失，狗一直用嘴叼着经书。猫看在眼里，满怀妒忌，却无可奈何。来到河边时，猫终于计上心来。它对狗说，你这样用嘴叼着经书过河，会把经书泡湿的，那样会损坏上面的经文，回去之后给主人不好交代。狗一听，还真是，可一时想不出什么好办法，只好问猫：那你说该怎么办？猫说，你先把经书给我拿着，我在你背上，河水泡不到，过了河，再把经书还给你不就成了？听猫这么说，狗觉得这确实是个好办法。它对猫一直没有好感，那多半是因为主人对猫也没好感。现在看来，关键时刻，这猫还是靠得住的，不禁侧目。于是，狗松开嘴把经书递给了猫，让猫好生照看，它背起猫开始过河。猫天生好记性，能一目十行而过目不忘，狗还没游到河中央，猫在狗背上已将整部经文烂熟于心。随即将经书弃于河中付之东流。到了岸上,狗看到猫手里没有经书,急眼了,问:经书呢?猫说,河里浪大,你游得不稳,经书掉河里冲走了,我去捞,差点我也被卷走。狗一想,事已至此,再怎么着也是于事无补,只好往回走,只是不知道该怎么向主人交差。到家时,门是从里面扣着的,要是往常,狗会汪汪吠叫,主人便会来开门。可是,今天,它不好意思张口,就趴在门前候着。猫说,它饿了,它要先进去了。狗会游泳,猫会翻墙。翻墙进去之后,猫直接去见了主人。见了猫,主人问,你怎么先回来了,狗呢?猫说,狗也回来了。主人纳闷儿,那它为什么不来见我?猫说,它不敢来。为什么?它把经书掉河里给河水冲走了。主人正要大怒,猫却说,就怕出万一,我已将经文全部背会。你要想听的话,我可以念给你听。主人转怒为喜,对猫大加赞扬,并当场做出一个决定,从此后,猫取代狗的地位,狗被关在大门外,还要用铁链拴着。并赋予猫一项狗以前从未享有的特权,它不仅可以跟主人一起睡觉,即便家中来了客人,它也不必起身迎接。除了睡觉、吃饭和捉老鼠玩儿,它只需要做一件事,就是念经。

所以,后来,猫只要一趴在那里,就会发出呼噜噜—呼噜噜的声音,就是在念经。据说,你要是仔细听,猫的每一声呼噜,其快慢节奏、高低声调都是不一样的,那与它念诵的经文内容有关。所以，直到今天，狗要是见到一只猫，只要没人看护，一准会猛扑上去，恨不得生吞活剥的样子。想来，那可能就是世仇。

而作为鸮类的猫头鹰为什么也对猫恨之入骨,以至于要食其肉啖其髓,则不好妄加评判。按说,猫与猫头鹰,除了一个没翅膀一个有翅膀之外,一个在地上,一个在空中,不说猫不会侵犯到猫头鹰的利益,从相貌上看,它们很可能还是近亲,应该亲近才对,为什么会有如此仇恨呢?难道,就像猫曾觊觎狗的地位一样,猫头鹰也在觊觎猫的地位?但是,真经早已付之东流,主人再也不会派猫去取真经的,即使有类似的使命需要肩负,主人也断不会派一只猫头鹰协助猫去完成。假如真发生这样的事,别说真经取不回来,连猫的性命也保不住。而真要是那样,猫头鹰也不会出现了,因为,那会让主人不高兴的。

如是。一个生命的链条便会就此断裂。与此相关的生命密码也就此成为永久的猜想,没有了破译的可能。于是,世界会陷入寂静,所有的生命则会陷入孤独。

鼠·鼠兔·鹰

也许猫真的是没长翅膀的鹰。

因为,在所有鼠类的天敌中,除了猫,大多都是长有翅膀的,譬如鹰。如果说猫专司家鼠之事,那么,鹰料理的却是草原和旷野上的鼠类事宜。

我所说的鹰不是一个单一的品种,而是广义上的一个猛禽种类,一个庞大的家族,其中至少包括了秃鹫、草原雕、猎隼、金雕、大鵟,等等。鹰隼类猛禽,通常以小型哺乳动物、爬行类和昆虫为食,老鼠就在其列。而在我所栖居的青藏高原,老鼠很可能还是它们最主要的食物。这是因为,相对于爬行类，老鼠的数量更多，几乎遍地都是，不用费太大力气，便能捕获。相对于昆虫类，老鼠的体形更大，一只老鼠顶得上一群昆虫，而且，高原寒冷，一年之中的大半年时间，地面上看不到昆虫，而老鼠却一直在。其中还有一种长的像兔子的老鼠，叫鼠兔，体形差不多也有一只兔子那么大。我想，只要有它们存在，鹰绝不会费时费力地去寻觅昆虫。

青藏高原的土著居民多牧人，牧人喜逐水草而居，草原是他们生命的根。青藏高原的牧人信佛，不杀生。喜欢鹰不喜欢老鼠，但也不灭鼠。千百年来，草原上鹰和老鼠的数量好像都未见迅猛增长。虽然，鹰捕食老鼠，老鼠们啃噬青草，也与畜群争抢牧场，但是，草原依旧，牧歌依旧。后来，也不知道是谁，看老鼠在草原上出没，不顺眼，挑起战火，欲将老鼠从草原上赶尽杀绝，人鼠之战终于拉开大幕。一片片草原上站满了灭鼠的队伍，广布毒药，老鼠开始成群死亡。曾一度，老鼠好像确实从草原上绝迹了。这时，人们一抬头才发现，天空里飞翔的鹰也不见了踪影。我们不仅灭掉了老鼠，同时灭掉的还有飞翔的鹰。世界似乎一下子安静了下来，一片寂静。时光在寂静中流逝。有一天，人们突然发现，老鼠又回到了草原，而且，不是一只两只，而是一群一群地出现了。它们像一片乌云，正在快速蔓延。鼠群过处，只听得一片啃噬牧草的声音，大片的草原牧场在它身后灰飞烟灭，越来越多的草原变成了黑土滩，长不出牧草。牧歌飘零，家园沉沦，曾经的牧场已变成老鼠的乐园。

鹰却迟迟不肯飞来。据说，鹰能永生，当一只鹰老了，飞不动了，它会躲进鹰巢，不进食，让自己日渐消瘦，直到老旧的羽毛、指甲和喙全部褪去，长出新的羽毛、指甲和喙。鹰便获得了新生，它又能翱翔天空了。这就是了，鹰都已经死了，当然不能飞翔了。鹰可以永生，但不会死而复活。

终于，人们再次想起了那些鹰，那是对天空和飞翔的一种怀念。如果天空里没有了飞翔的鹰，地面上一定会布满老鼠的身影。对鼠类而言，鹰不只是它们的天敌，还是主宰。鹰不只把老鼠当食物，它更主要的使命是控制鼠类的种群数量。据说，一只飞翔着的鹰尖厉的鸣叫声，对鼠类有巨大的震慑力，即使躲在洞穴深处，那鸣叫声也会穿过洞穴进入老鼠的耳朵。而但凡听到那叫声的老鼠都会吓破了胆，几天不敢动弹。这还是其次，更要命的是，这鸣叫声会让老鼠丧失生育能力。所以，一片天空里只要有一只鹰的飞翔，这片天空下的鼠类就不会超过一定的限量。鹰不会像人类那样，对

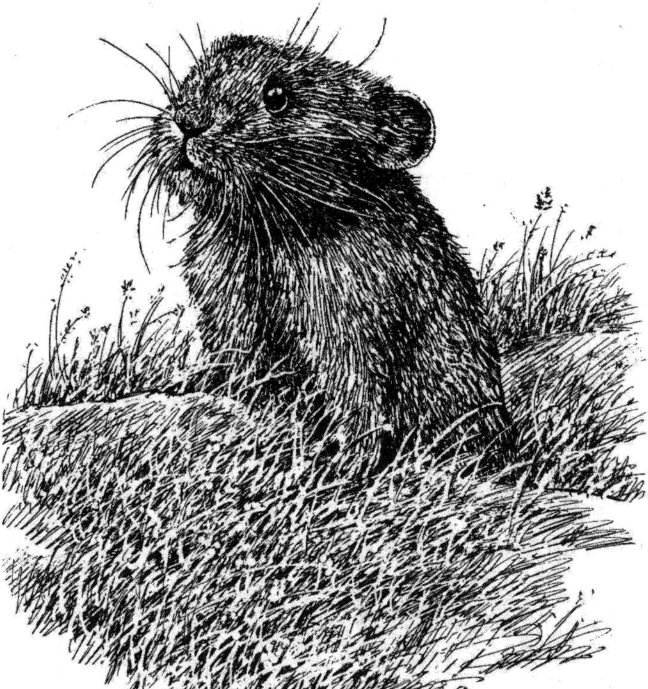

老鼠赶尽杀绝，因为，它还要依靠老鼠维持生计，但它也绝不会任其蔓延，以至使自己无法掌控其局面。

鹰不仅吃老鼠，也捉兔子。青海民间还有一个传说，说的正是兔子和鹰的事。说兔子之所以长了两条又长又结实的后腿，就是为了对付鹰。说兔子总喜欢望着天上，那是在留意鹰的动向。要是看见一只鹰从空中向它扑来，它不会急着躲藏，而是会仰面躺在地上，蜷好后腿，等着鹰飞来。当鹰张开翅膀落下来要捉它的一瞬间，兔子会用尽全力蹬出后腿，只一下就会撕破鹰的胸膛。这一招还有名字，叫兔子蹬鹰。据说中国武术中也有这一招，就是跟兔子学的。

我说的是老鼠和鹰的事，之所以提到兔子是因为，我有一种担心，有一天，老鼠会不会也变成兔子。我是从鼠兔身上看到这一迹象的，它是像老鼠一样的兔子，也是兔子一样的老鼠，故得此名。如果一个人此前从未见识过鼠兔，那么，要是真有一只鼠兔出现在他的面前的话，说不定真会当成兔子。因为，它真的很像兔子，尤其是那嘴唇。当一只鼠兔蹲在窝边吃草的时候，左看右看，那就是一只兔子。但它是老鼠，我觉得这是老鼠变异进化的结果。若果真如此，其他鼠类也会变异进化，也会变成兔子。而那样一种局面是鹰所无

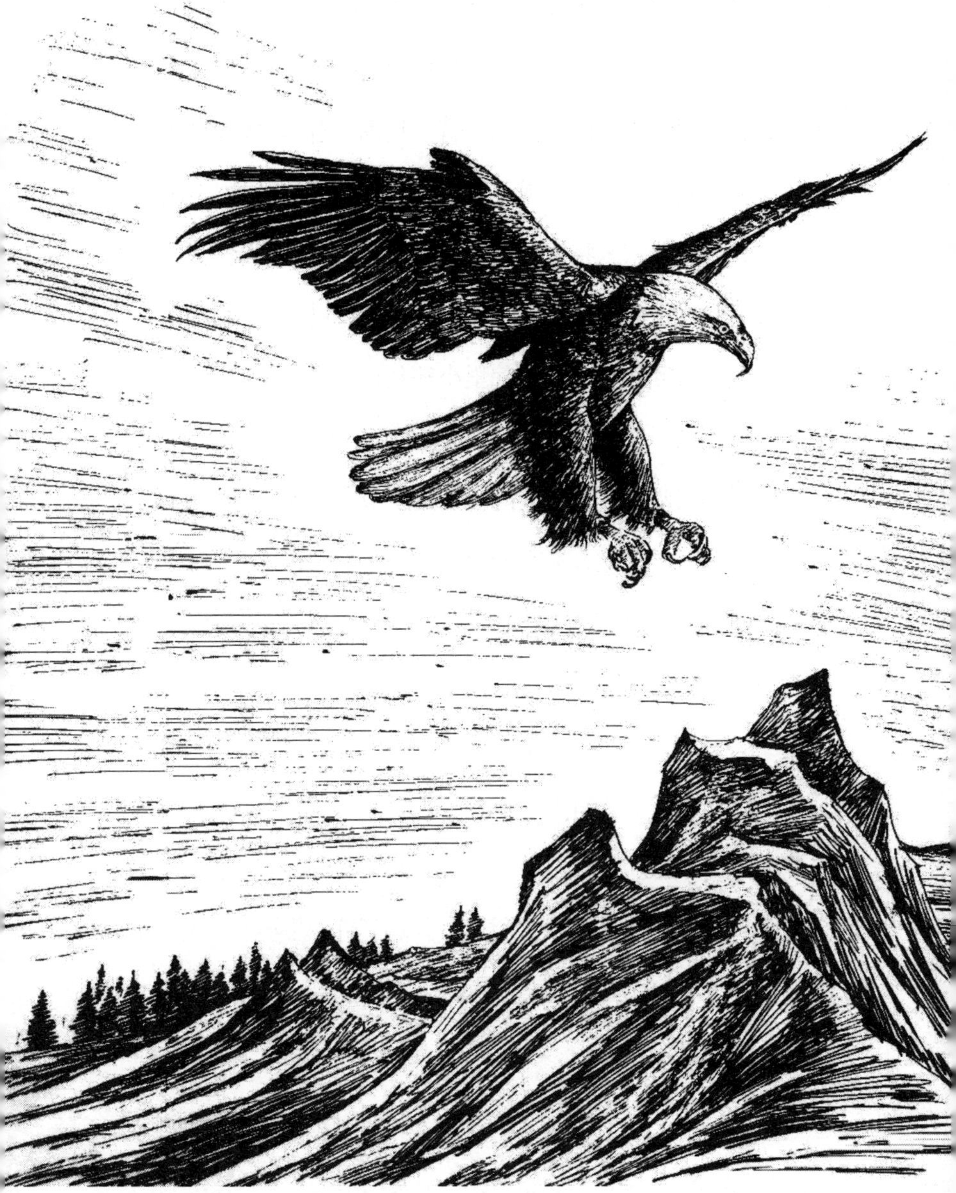

法掌控的。

据我的观察,老鼠是一种富有智慧的小动物。在《谁为人类忏悔》一书中,我曾写过一只草原上的老鼠,我感觉它会模仿人在手机上按键时发出的声音。我也曾看到一只老鼠会吊在电灯开关绳儿上,关灯或开灯的情景。父母在世时,家里一直养猫,尽管猫从未将家中的老鼠赶尽杀绝,但老鼠也从未太过猖狂,只是偶尔才听到有老鼠的动静。父母过世后,宅院空了,不时,我还会回到老家的宅院里小住几日,便发现老鼠一下多了起来。老鼠喜欢夜间活动,午夜之后,它们尤其活跃。我想,这也许是猫科动物也喜欢夜间行动的缘故。一天夜里,我被一群老鼠吵醒了好几次,最后一次被它们吵醒时,天都快亮了。我索性打开灯,趴在炕上看老鼠。它们没想到灯突然会亮,来不及躲藏,到处鼠窜蹦跳。有一只从一张桌子上跳到一把小椅子背上,而后,从那里一跃而下,钻到桌子底下去了。它们不喜欢灯光,灯一亮,有那么一两分钟时间,它们不再闹腾了。但是,随后,闹腾依旧,从墙脚,从桌子底下,从墙头的椽缝里,它们追逐嬉戏的声音不断汹涌……我熄了灯,想再睡一会儿。可是,晨光已经透过窗帘洒落进来,天已经亮了。

记得一则报道说,美洲大陆一群老鼠迁徙途中经过一面万丈悬崖，要从那里下去，凶多吉少。最后，它们竟然抱成一团从那悬崖上滚落，死伤无数，但迁徙得以完成，种群得以延续。当时直看得我毛骨悚然。后来，在青海果洛的达日草原还听到一件真实的事情。说一支科学家队伍在达日草原实施灭鼠援助项目，他们选中了黄河中央的一片孤岛样的草滩做实验，主要是证实老鼠会不会渡河的问题。如果最终发现老鼠不会渡河而过，那么，他们将会采取背水一战的战略战术，将老鼠赶出达日草原，并将此法加以复制，推而广之。且不说，那孤岛上原有的老鼠从何而来，但是那里有老鼠，这是事实。一群洋人耗费巨大精力，终于将那孤岛上的老鼠全部消灭干净了，一只不留。如果来年，那里没有老鼠，接下来的几年里也没有老鼠，那么，这就是个灭鼠的好办法。可是，第二年，他们登上那片孤岛时，发现那里的老鼠比原先还多。于是，宣告灭鼠失败。后来听说，老鼠不仅能渡河，甚至还可以渡过一片大海，所采用办法还是像雪球一样滚过去。只要它们紧紧抱成一团，一直往前滚，总会靠岸的。

如果天下的老鼠们再联合起来加快自行变异进化的进程，使自己变得像兔子一样大，那还了得？假如它们再个个都练就了一身独门绝技——兔子蹬鹰，那整个草原就是它们的天下了。那样世道就变了。到了那个时候，它们再也不会害怕鹰了——它们可能连人都不怕了，还会怕鹰吗？

恐龙·人类·鼠类

有朋友研究古生物，曾撰文预言，在恐龙和人类之后，最有可能成为地球未来统治者的生物非鼠类莫属。一日，特意约请，闻其详。后又查阅相关文献，遂罗列如斯。

理由很简单，鼠类和人类一样，均属哺乳动物，而且繁殖力极强，但人类的繁殖力尚远不及鼠类，最终强者取代弱者，这是趋势。如以体形优势论，其发展则呈由大到小的趋势，人类小于恐龙，鼠类小于人类。

而以进化速度论，恐龙最慢，几乎整个中生代，大约有两亿年的漫长岁月里，它一直是陆地生物的绝对统治者，尽管也有进化，譬如许多两足类进化为四足类，许多食肉类进化为食草类，其中的一支还进化为现代鸟类，但就总体而言，其进程非常缓慢，结果，盛极而衰，至白垩纪晚期已全部灭绝。据《不列颠百科全书》卷5记载，恐龙一词原出希腊文，本意是"恐怖的蜥蜴"，分蜥臀目、鸟臀目，为爬行纲首龙次纲，该次纲为早期鳄类、已灭绝的会飞的爬行类及现代鸟类的祖先。早期恐龙可能源自两足行走的祖龙，在恐龙的整个历史发展过程中许多种类一直保持两足行走。蜥臀类体形最小的体长不足1米，最大的如梁龙体长可达26米，腕龙则更庞大，其体重可达80吨——这是1000个成年人加在一起的重量。你能想象，这等庞然大物在地球上走来走去的情景吗？

你所能想象的情景也许跟美国大片《侏罗纪公园》如出一辙，但那也只是一种想象，而远不是事实。事实上，我们谁都没有见过恐龙们行走或飞奔的样子——幸好没有，假如人类或人类的祖先真的见过恐龙行走的样子，要么会被食肉恐龙吃掉，要么会随着恐龙一起灭绝。那样地球上也早就没有人类的存在了。因为，恐龙灭绝7000万年之后，人类才有可能从四足类进化为两足类，才开始学着直立行走。

有关恐龙的灭绝原因说法不一，有人说其体形庞大笨重、

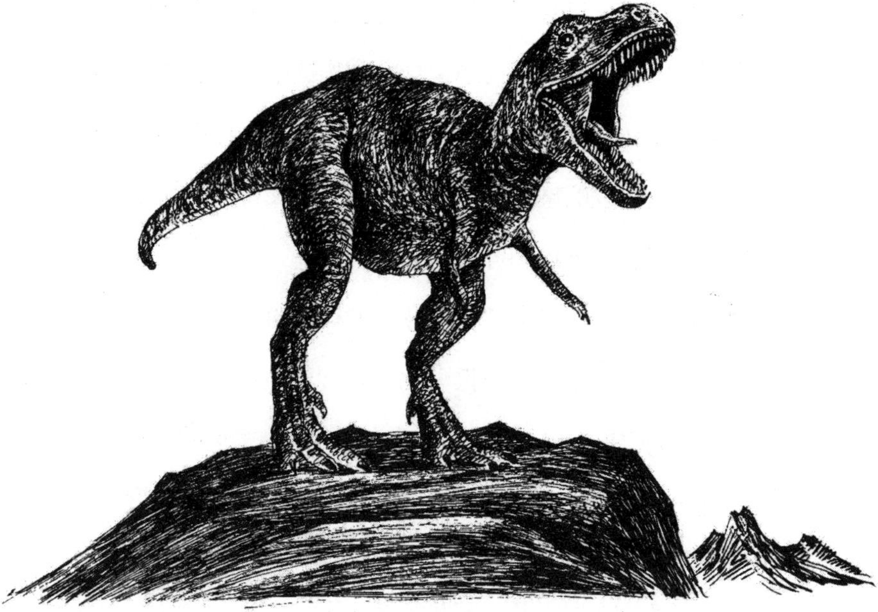

行动迟缓，也是灭绝的原因之一，可新的研究表明，许多恐龙行动非常迅速敏捷。比较一致的一种看法是，白垩纪末期大规模的造山运动是导致其灭绝的最主要原因。因为地球表面突然隆起的一列列山架，致使恐龙繁盛的低地急剧减少。世界气候也因之发生巨变，恐龙赖以生存的植物也发生进化性改变。还有一种说法源自一种假设——假设一颗天体与地球碰撞，产生大量尘埃，使地球处于一片黑暗之中，也许那黑暗持续了三年甚至更长的时间。因为失去了光合作用，很多高大的植物也随之灭绝，导致食物链中断，使恐龙及许多其他生物在全球范围内灭绝。对此，很多人提出异议，理由是在这场假设的碰撞之后，某些恐龙却又奇迹般地生存了下来，时间长达100万年之久。

鼠类次之，它出现在地球上的时间恰好是恐龙灭绝的时间，从白垩纪末至古新世早期，它就已经出现了，距今已有近7000万年的历史。虽然，鼠类在地球上繁衍的历史比不上恐龙那么久远和漫长，但是，就其种群规模的强大程度而言，别说是人类，恐龙也不在话下。别小看鼠辈，只要稍加了解，你就会瞠目结舌。鼠类隶属于一个更加庞大的家族——啮齿类，这是包括人类在内的哺乳类动物中种类最为繁多的一个目——啮齿目动物。也是《不列颠百科全书》（卷14）上的记载：哺乳动物四分之一的科、35%的属和50%的种均属啮齿类，而个体数可能更多。啮齿类现存350属、2400种，还发现400余化石属。这无疑是一个庞大的类群，在整个哺乳类动物中再也找不出第二个如此庞大的类群，即使在整个地球生物圈，除了昆虫之外，恐怕也不会再有如此庞大的类群。

在生物界，除人类驯化豢养的家畜之外，几乎所有的动物都不敢靠近人类，一旦靠近便会有生命危险，这也是许多生物最终灭绝的主要原因。但是鼠类不同，它是极少数敢与人类保持密切联系而繁盛的动物类群之一。其中的家鼠、黑大鼠、挪威大鼠等早已适应人类的生活环境及文明，并能借乘人类制造和使用的车、船向远方迁徙。除了人类和人类携带的病菌（病毒）之外，它们或许是目前地球上唯一能自行远距离迁徙的物种类群。我经常在青藏高原腹地行走，常有朋友说起，有一种从未见过的小老鼠这几年突然出现在他们那个地方。而且，它们还善于隐藏身份，不像人类，单从肤色外貌和语言你就能分辨出它们属于哪一个种族。如果它们也持有居民身份证、户口本或护照什么的，你便会发现，它们的籍贯几乎遍及全球每一个角落。也许那也是一种殖民，只

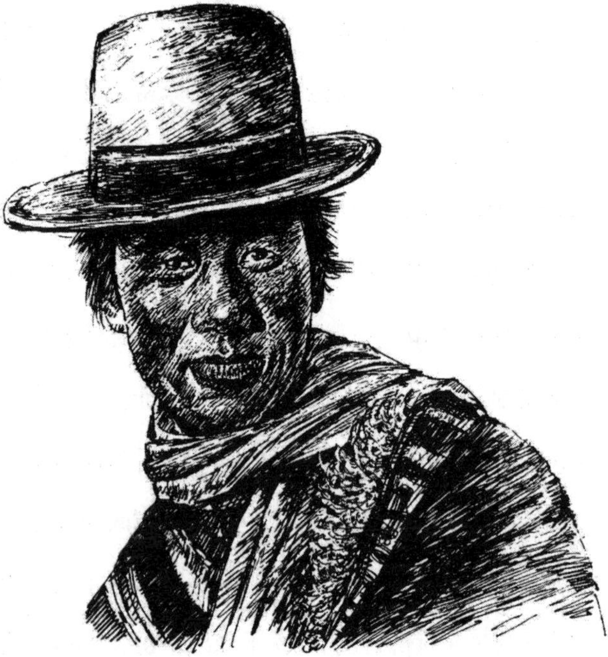

不过策略更加隐蔽而已，不像人类的殖民侵略那样大张旗鼓。它们总是会悄无声息地出现在一个地方，尔后，定居下来，一点也不感到陌生，更不会有文化心理和宗教信仰的冲突。它们适应所有的环境，既可登得了厅堂，也可入得了阴暗的地穴，任何可立足的地方——譬如下水道什么的，都是它们的乐园。

现存的啮齿类大多体形偏小，某些小鼠是最小的哺乳动物之一，可小到只有75毫米长（包括尾长），重20克。最大的如南美水豚体长1.3米，体重50千克。在乌拉圭还发现过头如公牛、体如公野猪大小的啮齿动物化石。啮齿类可能是迄今地球生物史上繁殖力最为强盛的物种，一年繁殖一胎或多胎，多为多配式。而从繁殖次数和每胎仔数看，体形越小者，繁殖力也越强。化石研究表明，此类动物出现在北美的时间是古新世晚期，在欧洲则为始新世早期，在始新世中分化很快。有些会飞，如美洲飞鼠。除却通常意义上的老鼠之外，豪猪、兔子、河狸、水豚均属啮齿类。

通俗地讲，这是一种必须白天黑夜不停磨牙的动物，虽然没有犬牙，因为门牙没有齿根却会终生生长的缘故，如不磨牙，不断疯长的门牙就会要它们的命。如果你近距离观察过一只老鼠或一只兔子磨牙的情景，你就知道，我说的是什么意思——那简直是磨刀霍霍。

在整个地球生物进化史上,人类的进化是一个特例。几百万年间,一种生物的进化已接近极致,而且颓势已经显现。盛极必衰,这是规律。而鼠类则循序渐进,虽历经7000万年进化,生存经验日益丰富老道,却仍未见其盛极之势。与人类一样,它也应该没见过恐龙的真实模样——当然,也可能见过的,不过人类可能永远无法了解其真相——也许鼠类们知道。

那个遥远的地质年代里到底发生过什么?人类目前所有的判断都带有某种猜想的成分,至少不是非常精确,包括由太古时代到新生代所推算出来的地质年表,包括恐龙灭绝的年代和啮齿类出现于地球的年代。如此想来,在那遥远的过去,一头恐龙与一只老鼠擦肩而过,甚至不期而遇是完全可能的。若如此,那么它们不仅看到过恐龙们远去的背影,过了7000万年之后,又看到了人类举过地平线之上的高傲头颅。地球生物接下来的历史是由人类主导书写的,这段历史在整个鼠类的生命史上只是短暂的一个季节,它们完全可以忽略不计。它们欣喜地看到,因为人类的过度参与,那条原本可以制衡它们的生命链条已经断裂,再也没有什么可让它

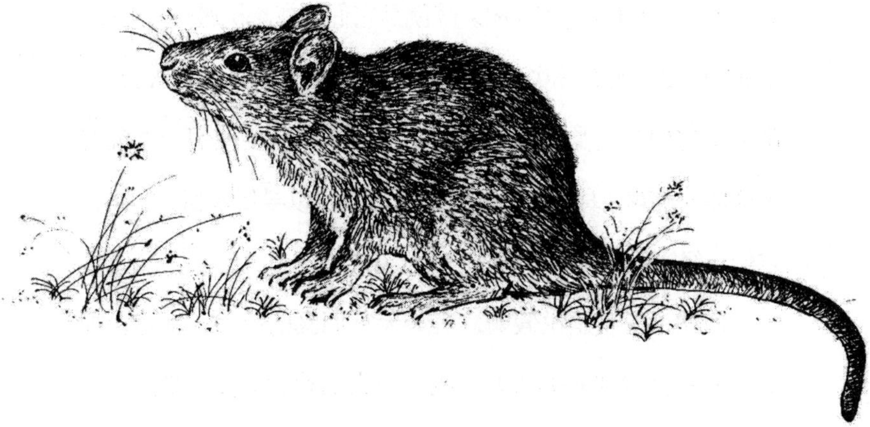

们担忧的了。没有了。

除非那看不见的链条能自行修复——而这几乎是不可能的事情。因为人类太自以为是了，加之他们自身处在链条末端的缘故，不会把它们当一回事，这却为它们创造了千载难逢的机会。它们所需要的只是等待，等待时间一千年一万年地流逝。7000万年的岁月不就是这样匆匆流逝的吗？它们有的是耐心，而人类没有。人类忙于种族事务和双边关系，焦头烂额，他们没时间考虑这么久远的问题，更不会放弃前嫌团结起来对付一群鼠类。他们自身的离间和裂隙就是它们的战略机遇——是的，是战略机遇，人类喜欢这样的字眼，这是他们酷爱的一种游戏。这也是它们对人类既恨又爱的原因之一，只要他们一直沉溺于这样的游戏，真正属于鼠类的时代才可以早日来临。对此，它们已经满怀期待，但绝不会急于求成。

假如——我是说假如，有一天它们真的统治了地球，那么它们又会看到人类从地平线上消失的背影。要真是这样，假如回首前尘往事，它们会作何感想？与人类相知相伴的几百万年间，它们受到过恩惠和宠爱，也被到处追杀——大有被赶尽杀绝的架势。它们被下过毒药，但也偷吃过人类的食粮。它们一次次发动攻势，又一次次败退和被迫迁徙，一会儿从荒野逃到村庄，一会儿又从村庄逃向城里，最后又从城里逃向荒野……它们当然会付出巨大的牺牲，一代代无数的鼠类被灭杀。但是，幸运的是它们一直存在着，从未消失过，而且可以肯定，它们的种群数量还在日益壮大。悠悠岁月，漫漫长路，有太多的经验和教训值得它们汲取和总结。而展望未来，虽然前途依旧充满坎坷和灾难，但是，繁衍生息的信念依然还在。人类不仅给它们带来过无尽的灾祸，也使它们获益无穷。于它们而言，这获益就是生存和战斗的智慧。这不仅是生存的法则，最终，它也一定会变成胜利的法则。当胜利的号角终于吹响，鼠类们开始欢呼的时候，地球上铺天盖地都是一片磨牙的声音——还会有别的声音吗？它们想是没有了。要有，那也是非常遥远的事了。那个时候，地球生命的历史说不定也该结束了。那样，它们就是地球最后的王者。

可惜的是，不再有谁会看到它们的背影。

麝与四不像

听说,山野林莽间有一条神秘的麝之路,只有经验非常丰富的猎人才能辨识。我非猎人,更没有猎人的经验,当然也无从寻觅这样一条弥漫着奇异芳香的路径了。

据《不列颠百科全书》卷11记载:麝为偶蹄目、鹿科、身体结实的小型鹿类。胆小,独栖,分布于西伯利亚到喜马拉雅一带的山区。耳大,尾极短,无角,和其他鹿类不同之处为具胆囊。毛长,粗而易断、浅灰褐色;肩高50—60厘米,臀部稍高。雄麝的上犬牙长,向下突出嘴唇,如獠牙。腹部有一个产生麝香的器官——麝囊,其分泌物可用

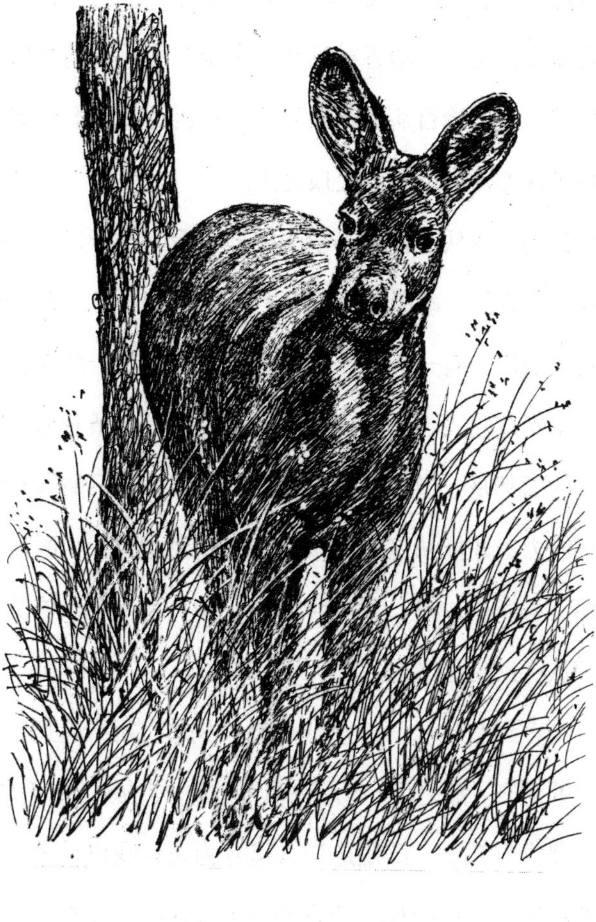

于制香料及肥皂。《不列颠百科全书》同卷"麝香"条目说，在印度和远东的一些地区认为麝香有催欲、兴奋和镇痉作用。可以肯定地说，这里所说的远东一些地区包括了我所生活栖居的地方，因为，麝香在这个地方除了上述所列之功效，几乎被盛传为包治百病的奇珍异宝。也因为这样的传闻，给麝这种偶蹄类动物带来了灭顶之灾。

其实，我从未在离得很近的地方看到过一只活着的麝。听说，以前我老家那一带的山上也有麝，但是，我从未见过。听老人们说，有一天，一只麝曾从我家门前一跃而过。他们还给我指过它飞越而过的那个地方，那是一条巷道，宽丈余外，两面都是一道很高的土坎，像悬崖。一只麝该有怎样的弹跳能力，才能从这样一个地方一跃而过呢？小时候，每次从那巷道里走过时，我都会禁不住往头顶上看，仿佛有一只麝正从头顶凌空飞过。

一直到20世纪80年代后期，我才有机会真正走近麝所栖息的地方。那之后，几乎每年都去这样的地方，有的时候，一年要去好几次。即使这样，迄今为止，我也从未见过一只活着的麝——已经死了的麝倒是见过几次，在野外和室内都见过的，野外所见的自然是尸骸，室内所见都是标本。但是，我却听说过无数的麝，如果它们能列队走过一片旷野，那一定是万麝奔腾的景象。20世纪末有几年盗猎者横行，大多麝类栖息地都惨遭涂炭。它们不是一只一只被猎杀的，而是一座山、一条山谷那样成片被屠杀的。不是用猎枪，也不是用毒饵，而是用钢丝制成的扣子一只只勒死的。盗猎者将扣子布满麝会经过的每一条山谷、溪流和每一片丛林，隔几天去看一次，每次去看，都发现大批麝被捕获。他们只寻找雄麝，而后从它们身上割下香囊，扬长而去，而大量无辜的雌麝和幼麝都弃之荒野，任其腐烂，归于寂灭。这样几年过去之后，那些山野之上，再也见不到麝的踪影了。

大渡河上游玛可河林区是青海境内林相保存最完好的一片原始森林，也是麝类最密集的分布地。除了麝和别的野生动物之外，这里还生活着一种非常珍稀的野生动物，俗名称"四不像"，《封神演义》上姜子牙的坐骑便是此灵物，它亦有大名，曰：苏门羚。数量有限，偶尔才能得见。玛可河林区所分布为世界苏门羚家族非常罕见之一种，可谓造化天物。这次盗猎"风潮"过后，这片森林里发生了一件奇怪的事情。苏门羚正在死亡，不知何故。随后的观察发现，它们好像是自杀身亡，无药可救，林区管理者百思不得其解。正在这时，当地一藏族老者献计，只要麝类种群回到森林，苏门羚自会不治而愈。遂对麝加大保护，彻底清理盗猎者布下的各类暗器和铁扣，有一年，仅钢丝扣子就拉了两卡车。之后，麝又出现在森林里。果然，那些苏门羚自杀身亡的事也没再发生过。

原来，这与那条神秘的麝之路有关。据说，阴历每月十五日前后几天，雄麝的香囊会自行打开，释放麝香，它所经过的地方到处都会弥漫着它的芳香。山野所有植物都会吸收这种芳香，所有食草的动物从那山野经过时不仅闻到了这种芳香，也吃了那些植物。一种循环就这样形成了。这种循环能使苏门羚免遭病毒和细菌的侵害。不仅麝，不仅动物，山野之上的许多植物对空气、土壤、水体都有净化的意义，甚至对整个大自然都会产生极其微妙的调节和平衡作用。当然，还有各种各样的矿物也在其中扮演着重要的角色。那应该是一个由分子、原子和粒子组成的微循环系统，它调伏生命万物的神经，并疏通其筋脉，使其运行自在圆满。何为自在？自在就是你在，你在就是他在，就是一切都在。一切的自在，就是圆满。生命万物需要这种亲密无间的协调与配合，它是我们这个星球和宇宙得以存在和维系的内在逻辑，并使之成为一个整体，缺一不可。有舍才会得，施爱者一定会被

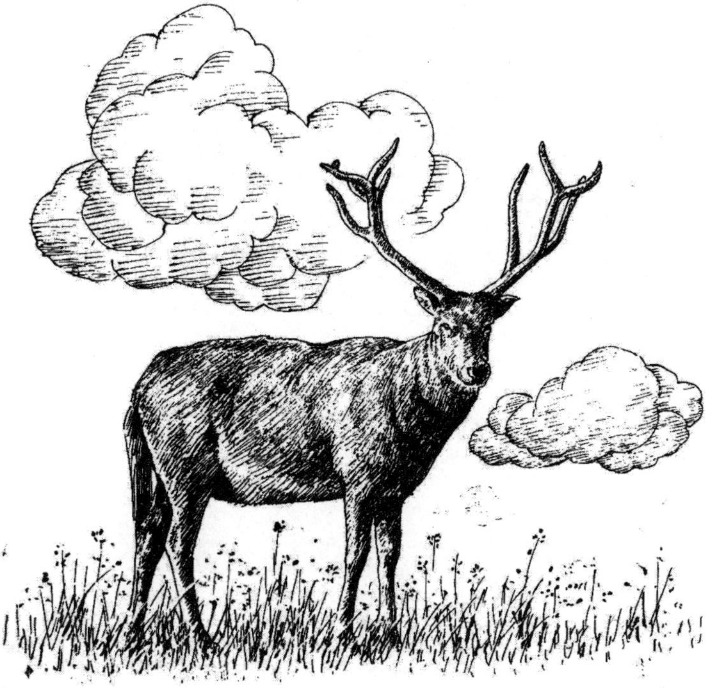

爱，这便是慈悲。这是何等殊胜的造化？虽然，看不见，但它无处不在。我们唯一要做的就是让它一如既往地延续下去，因为，这也是我们自身得以延续下去的根基。

那么，它会一如既往地延续下去吗？我不知道。这是一个秘密，也许除了造物主自己，谁都不会知道。

家牦牛与野牦牛

看过《红河谷》的人一定都会说，那是一部优秀的国产影片，整体上，我也同意这样的观点。你也许还记得，影片中有一头白牦牛曾反复出现。我要说的是，虽然那确实是一头牦牛，它发出的叫喊声却不是牦牛的声音，而是黄牛"哞儿——哞儿"的声音。牦牛只会发出短粗有力的"吽——吽"声——无论是家养的还是野生的，牦牛只会发出这一种声音，而从来都不会发出"哞——哞"的声音。而且，牦牛只会发出单音节的"吽"，像人类慢性咽炎患者的干咳，没有拖腔和尾音。即使它喊出一连串的"吽"，中间也会断开，每一声都干脆利落，绝不拖泥带水，更不会有滑音的过渡——大多在行走时才会发出这种喊叫声。这是一个常识性的错误，看到这个画面，我对影片就失去了继续看下去的耐性。

像狗的祖先是狼一样，家养牦牛的祖先就是野牦牛，而且，它们被驯化为家畜的历史可能要晚得多——至少可能晚几千年，甚至更晚。科学研究证实，野牦牛的驯化是7300多年前才出现的事情。而古岩画上的那些狩猎图告诉我们，大约在3000年前，牦牛的驯化过程也许还在继续。那时，几乎所有家畜的驯化都早已完成，野牦牛是人类最后才得以驯化的野畜——也许直到今天还没有最后完成。因为以野牦牛为亲本资源（这是一个育种学专业术语，泛指用来杂交、培育新品种的父辈和母辈或雄性和雌性）的牦牛品种改良仍在继续。

除却了与人类关系的密切程度，其实，直到今天，一头家养牦牛的习性和生存环境与真正的野牦牛并没有太大的分别。家养牦牛虽然都被人类放养——偶尔也会圈养，但它们依然还在山野，山野之上原本也是野牦牛的家园，因为它们原本就是一个家族里的成员。

后来，可能因为越来越多的野牦牛被驯化成家畜，与人类相伴，渐渐失去了野性，野牦牛看不下去，一气之下，才从它们身边渐渐远去。它们不仅是要离开家养牦牛，更重要的是离开人类。如果再不离开，迟早，它们都会失去野性，成为人类身边的畜生。假如它们肯与我们分享它们之所以远离的感受，我想，它们一定会说：靠近人类是一件很危险的事，凡是与人类接近的动物，最终都会被它们驯化成家养的牲畜，失去全部的野性。而野性是它们区别于其他万物生灵立足于天地之间的根本。

也许是最后才驯化成功的缘故，在所有家畜中牦牛也是唯一从未完全丧失其野性的动物。你要是把它们整日里圈起来，即使给它们吃最好的饲草，它们也极不情愿。这一点从它们的神态和表情就能看出来，刚圈起来时，它们一个个心急火燎地又蹦又跳，恨不得立刻破门而去。时间长了，它们慢慢地就会陷入绝望，一个个蔫头耷脑，提不起精神。而一旦被放出去，到了山野，它们就像是逃离似的，一门心思地往远处走。直到足够远了，视野中见不到人影了，才有了精神，停下来啃噬青草。

我们家以前也养过牦牛，可能正是考虑到其野性，父亲从来没有圈养过它们，甚至从未把它们赶回到村庄里，它们一直就待在山上。如果不到山上，一年四季也见不到它们。决定要卖掉一两头时，也从山上直接赶走，而不会经过自家门口。父亲就会担心它们的安危，更多的是担心它们会走失，会被盗牛者偷偷赶走。于是，每隔一两天，父亲就会到山上看他的牦牛。因为，牦牛喜欢远离人群，所以它们所在的地方离家就很远。有很多时候，父亲都无法当天赶回家中。不得已，就在牛群附近的山坡上搭了两间小土屋，我们叫"坐圈"。听上去像是圈牲口的地方，实际上则是人的栖身所，人们去看自家的牦牛，回不来了就住在那里。我去过那里，也曾在那小土屋里烧茶歇息。我们家的牦牛就散落在那一带山野，因为山上有森林灌丛，不细看，你都很难发现。直到最后，我们家那一群牦牛一头都不剩了，它们也从未进过家门。

这还是农村，草原上的牦牛，即使在家门口，也是在山坡草地上。草原上出现牛圈也是近些年才有的事，而且大多也只是有一圈低矮的围墙，并无顶棚遮盖，牦牛即使赶到里面，除了在冬天能遮挡一点风雪，与旷野并没有什么两样。白天照样能晒太阳，夜晚照样能看见星星和月亮。以前草原上所谓的牛圈，其实就是扯在帐篷前草地上的几条毛绳。毛绳用钉进草地上的铁桩或木桩牢牢固定着，牧归的牦牛依次拴在毛绳上，一来防止走失，二来是为挤奶方便。牦牛被一条毛绳拴着，虽然也不大情愿，但是也不会过于对抗。反正都吃饱喝足了，夜间剩下的事情就是安卧和反刍，拴着就拴着吧，除了那条毛绳，一切都没有什么变化，何况那毛绳也是用它们身上的毛做成的，没什么不舒服。再说了，挤惯了牛奶，不挤，乳房会涨疼。挤完了，才会舒坦。这是驯化过程中，人类对它们的最大改变，它们对人类产生了依赖。

所以说，牦牛即使在驯化以后，它身上的野性也未彻底驯服，至少在所有家畜中，它是唯一还存有野性的牲畜。而且，直到近现代，家养牦牛与野牦牛野合的事在草原上依然时常发生，一群家养牦牛中也常常会看到一两头野牦牛的后代。牧人们说起这样的趣事时，就像是在谈论人间的风流韵事一样乐此不疲。因而，不但不反对，不阻止，而且还怂恿鼓励，设法成全，家养牦牛身上的野性也由此得以保全和延续。

直到很久以后，随着人类的数量越来越多，野牦牛的栖息地才不断被挤占，其种群数量也才日益锐减。这时，人们突然发现，家养牦牛的种群正在退化，先是个体越来越小，再后来，它们的性子也越来越温顺了，野性也好像在一天天消失不见了。也在这时，人们又忽然想起曾经在旷野上飞奔呼啸的野牦牛。可是，它们也好像突然消失了，即使苦苦寻找，也难得一见。有人开始去寻找野牦牛，目的是想唤回家养牦牛昔日健壮的体魄，当然还有野性。毫无疑问，将无数野畜驯化为家畜是早期人类文明的最主要的成果之一。从现在的情形看，不可否认的一点是，驯化家畜的历史证明，生物除了进化也会退化，而在自然进化遭到干预时，退化的趋势则会加剧。这是家养牦牛品种退化的主要原因。

于是，一项自远古就已开始、至今尚未结束的动物驯化运动，又找到了一个新的名目，曰：畜种改良。而家养牦牛品种改良最理想的亲本资源就是野牦牛，可是到哪里去找野牦牛呢？历经艰辛，人们终于逮住了几头野牦牛，并在人类的帮助下，用它们的精血让家养牦牛受孕。一次次失败之后，一代又一代的野血牦牛被成功驯化，草原上又能看到雄壮无比的牦牛了。可是，这时，人们又发现，野牦牛亲本资源越来越稀缺，无以为继。虽然，因为保护力度的加大，野牦牛种群数量已有所恢复，但是也已处在极度濒危的程度。以我的观察，其种群濒危程度甚至远在藏羚羊之上。因为，藏羚羊还不难看到，而野牦牛已经难得一见了。而且，根据野生生物学家的观点，用野牦牛来改良家养牦牛的结果有可能导致野牦牛自身的品种污染和退化。比如，乔治·夏勒对此就非常担心。也许，最终我们会找到一个能保全牦牛种群的路径，但是目前还没有找到。所以对此，我既不悲观，也不乐观，而只心存希望，哪怕那是最后的希望。

有关野牦牛，多年前我曾写过一篇散文《走向天堂牧场的野牦牛》，现摘抄如下——个别地方稍有改动：

一天傍晚，我过昆仑山口，正要一路向下，这时，我却忍不住往车窗以外张望，我感觉冥冥之中有一双眼睛正盯着我。我就向南面的山梁望去，于是我看见一头无比雄壮的野牦牛正在那山梁上望着苍茫的天空，我感觉它要从那里一步踏入天界，去找寻它梦中的大草原。那一刻里我想到了孤独，是的，是孤独，孤独正从四荒八野向它汹涌而来。

昔日青藏高原上的野牦牛群可与北美大草原上曾经有过的野牛群相媲美，当上千头乃至几千头一群的野牦牛从那亘古莽原上走过时，天地都会为之动容。北美大草原上的野牛群随着欧洲殖民统治者的侵入渐渐退出了人类的视野，尤其是西部大淘金的狂潮使野牛群遭到了灭绝性的杀戮。德国著名记者洛尔夫·温特尔在他《上帝的乐土》一书中对北美大草原上的那一段历史做过这样的描述:"在印第安人世世代代精心保护的地区曾有6000万头野牛,白人出现在那里仅仅30年,这巨大的野牛群就消失了。驻扎在阿肯色河畔的陆军上校理查得·L.道奇证明说:'1872年还有数百万头野牛吃草的地方,到了1873年到处都是野牛的尸体,空气中散发着恶臭,大草原东部成了一片死寂的荒漠。'"

青藏高原野牦牛群的消失也与大淘金有关,而且关系重大,只是,时间要晚得多。在北美大草原上已难以觅见野牛踪影的时候,青藏高原上的野牦牛们还在灿烂的阳光下有节制地繁衍着它们的子孙。直到20世纪中叶,它们才开始遭遇大规模的杀戮。饥饿是它们惨遭杀戮的罪魁祸首,先是三年困难时期,人民公社为了社员的活命组织进行的大规模猎剿,这是它们和人类的首次交锋。之前的亿万年里,人类从没有真正靠近它们,或者说,人类从没有以试图伤害的方式接近它们,虽然高原土著一直与它们相邻而居,但视它们为友,相敬如宾。它们对人类的感觉就如同自己的同类,在它们的眼里,人类无疑是弱者,他们渺小,他们不堪一击。所以,它们从不设防。

100年前，在昆仑山麓，当瑞典探险家斯文·赫定和他的随从第一次用火药枪对准它们，并向它们射击时，它们还以为那是在和它们开玩笑，但是，那粒小小的弹丸却差点射穿它们身上厚厚的铠甲。于是，它们第一次抬眼望了望对面的那些异类，那些异类头上的目光第一次让它们感觉到了恐惧。于是，那个受伤的同伴就向那些不远万里跋涉而来的异类冲杀而去，但是，又一粒弹丸向它飞来，接着，又是一粒，这一次差点命中要害，它被彻底激怒了，它用尽全身的力气，冲向那些可恨的家伙。

我后来猜想，当那头野牦牛快要冲到跟前时，斯文那小子所表现出来的样子肯定不是他在著名的《亚洲腹地旅行记》中所描述的那样镇定自若，而是惊恐万状，脑子里甚至是一片空白，他唯一所能想到的是他的瑞典老家和他年迈的白发老母。我想正是这一闪而过的念头救了他的老命，昆仑山神为这个念头而心生悲悯，让他们从一片惊慌之中回过神来，向那头野牦牛射出最后的那颗子弹，野牦牛就倒在了他的脚前，而他却可以把这作为炫耀后世的资本。后来，他们甚至把家养的牦牛当成野牦牛胡乱射杀，为他的这次经历增添传奇色彩。

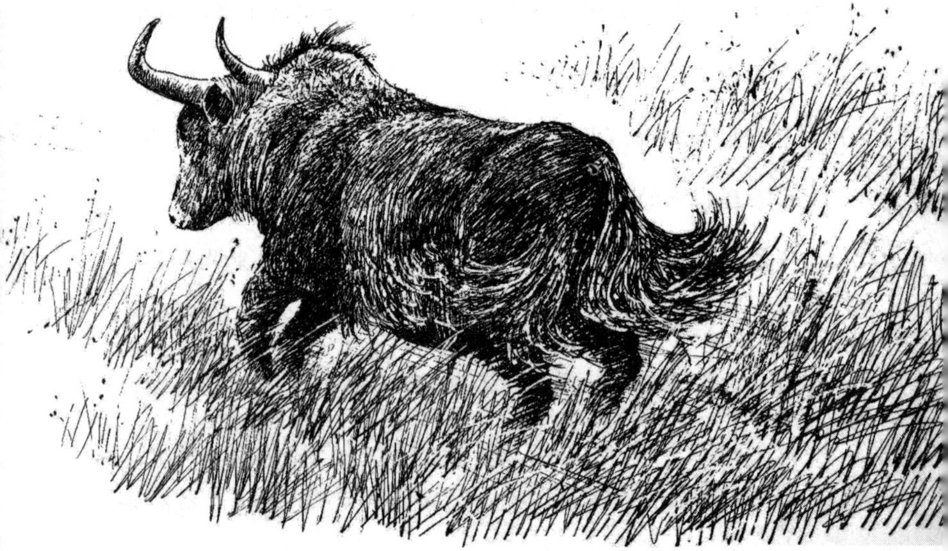

但是，无论如何，他都无疑是一位杰出的思想者，他有一间令人羡慕的书房，那书房里充满了森林的芳香，他坐在那宽敞的书房里回想他在亚洲腹地的经历时，那些野牦牛们早已把他忘在脑后了。就在那间书房里他成就了《亚洲腹地旅行记》，在这本书中，他除了详尽地罗列在他看来离奇和有意思的见闻之外，他也颇有文采地描述了很多野生动物的生活场景。

据说，野牦牛可以循着子弹散发的火药味向猎人一路追杀而来。如果是顺风，它们灵敏的嗅觉可以嗅到几公里以外的异味儿，尤其是人类的体味。自然界很多的野生动物都有这种奇异的本领，所以，有经验的猎人都会守在逆风的山口等待猎物。野牦牛是一种具有团队精神的生灵，当一群野牦牛在一起时，它们就是一个整体，在不同的环境里，它们中的每一个个体都有自己的职责和分工。带领和指挥它们行动的是一头大家都诚服的公牦牛，无论面对怎样的严峻形势，它都不会忘了自己的使命。它总会让自己处在相对危险的位置来保证群体的安全，当灾难来临时，它又总会自觉地冲在前面，它会用自己的生命来换取群体的安全。

我从没有近距离观察过一头真正的野牦牛，虽然，我很多次见过野牦牛，但是，它们都离我很远，最近的距离也在一公里之外。我在很近的地方看到的只是野牦牛的标本，我曾用手轻轻地触摸过它的绒毛。那绒毛之下生命的气息已经不再，我感觉到的是令人窒息的冰冷，那是死亡的气息。我不知道，人们为什么要把一个个鲜活的生命制成僵硬的标本，所有的标本都以热爱的名义出现却以仇恨的面目存在着。在美丽的蝴蝶泉边，到处都挂满了蝴蝶的标本，但是制成标本的蝴蝶再也不能翩翩飞舞，蝴蝶泉边翩翩飞舞的蝶群已经成为回忆。

青藏高原上许许多多的野生动物也变成了标本。在都兰县境内的昆仑山麓，以前有一个国际狩猎场，每年都有很多国际猎人到这里狩猎，高原珍稀野生动物雪豹、白唇鹿、野牦牛、藏羚羊、盘羊、蓝马鸡等等都成了他们猎获的对象。狩猎场的阿克成烈告诉我，那些国际猎人猎获的动物也都制成了标本。他们每次到猎场都会带来一些动物标本的图片集，都制作得很精美，每次翻看那些图片册子，他的心就会隐隐作痛。在看那些图片时，他感觉这个世界上几乎所有的野生动物都被猎人们制作成了标本，从非洲的狮子到亚洲的大象，从南美丛林的昆虫到青藏高原的羚羊，但凡在地球上存在过的野生动物几乎没有遗漏。在听阿克成烈讲述这一切时，我眼前所浮现出来的却是一幅地狱的图景。是的，那每一册动物标本图片集其实就是一座地狱。那些美丽生动的鲜活生命因此再也不能奔跑和飞翔了，再也不能唱鸣着沐浴阳光雨露了。所有的一切都已僵硬，都已经死亡。随着它们的死去，整个世界也在慢慢地死去。每一个生命的死亡就是一个世界的结束。

野牦牛是现在世界上最庞大的野生动物之一，要猎获一头野牦牛并非易事，而要把一头猎获的野牦牛制成标本更是一件很困难的事。我听阿克成烈说，一头成年野牦牛的两只犄角之间足可以坐进去三个壮汉，那是何等开阔的额头。这些年，城里人都喜欢收藏有犄角的野牦牛头骨，所以，那些随意抛在高原荒野上的野牦牛头颅就成了宝贝，被一具具捡了回来，制成了工艺品，挂在城市高楼房间的墙壁上。一次次地在高原腹地行走时，我也曾见到许多野牦牛硕大的头颅。在莽原深处，它们静静地立在那里，经受风吹日晒，一双双没有了眼睛的眼睛死死地盯着上苍，好像在等待着神灵的启示。我在所见到的每一具头颅前都曾逗留很长时间，我想听到它们关于高原、关于高原生灵的一些诉说，所以，我就静静地立在那里，时刻准备着聆听。有那么些时候，我仿佛真的听到了什么，但无法将它表达，至少不能用人类惯用的语言加以表述。最后一次去黄河源头的约古宗列时，我也从那最后的草原上捡回一具野牦牛的头骨，没有做任何的修饰就放在我的书房里，它每天都给我一种提醒，我每天都能感受到它的存在。

在塔尔寺的一座木楼上，陈列着两排野生动物的标本，其中就有一头是野牦牛。它们被视为神灵供奉在那里，接受着人们的膜拜。那是一头高大的野牦牛，它的活体净重至少在一吨以上。它宽阔的肩膀、飘逸的裙毛、威武的身躯令人肃然起敬。倘若，它没有被制成标本而是依然在高寒莽原之上独来独往，它就会更加威风凛凛。它是自然界真正的王者，在自然界没有什么东西可以伤害到它们，除了人类，尤其是荷枪实弹的人类。人类的智慧一旦用来戕残和杀戮，他们就可以伤害一切，即使他们手无寸铁也能做到，因为他们会用陷阱。

20世纪80年代末，我听一个淘金的农民说，他们在高原腹地淘金时曾捕获过野牦牛，并用它来果腹充饥。当时他们用的就是陷阱，而且那些陷阱都是现成的。那些陷阱都是用来淘金的金窝子,我曾在一些文字中详细地描述过那些陷阱。在青藏高原腹地的那些河谷地带曾经到处都布满了这种陷阱,它们使一条条河流及其谷地变成了千疮百孔的废墟。那些河谷里从此再也没有了清澈的流水和绿色的牧草。深十几米甚至几十米的深坑一个连着一个。

而那些河谷地带曾经都是野生动物们的家园,在过去的岁月里它们一直在那谷地里繁衍生息。常年在那些谷地里淘金的人们就发现了这个秘密。于是,他们就把那些原本用来淘金的金窝子当成陷阱来捕获猎物。要把一头野牦牛驱赶到一个限定的地方几乎是不可能的,但是可以诱骗。所向披靡的野牦牛注定了要勇往直前,哪怕前面有万丈深渊。而善于欺骗的人类就利用了这一点,他们从能够确保自己安全的地带开始实施诱骗计谋,譬如从很远的地方朝着野牦牛开枪射击,也许野牦牛还在射程之外,但他们知道它肯定会发现子弹射来的方向,而且很快就会沿着那条看不见的射线向你飞奔而来,当它终于抵达那个曾射出子弹的元点时,那个射手早已逃离,但他仍带着火药枪,他身上仍散发着火药味儿。

野牦牛几乎没有停顿就直接拐向他逃离的方向,它心中可能在暗自窃喜,甚至可能会用牛语骂出一句"雕虫小技"

之类极其轻蔑不屑的话语。但是，它小看了人类。小看就会轻敌，轻敌就会导致灭亡，这是人类用几千年的征战获得的经验。他们视之为真理。当它长驱直入，站在一片陷阱的包围中时，它才意识到了人类的卑劣，它自然无法想象人类何以用这等下作的伎俩来对付一个傲视万物的王者。就在那一刻里，它被自己所遭受的这种耻辱侵吞了。它一下子就变得垂头丧气，不知所措，仿佛就像当年乌江边上的霸王，四面都是楚歌，大势去矣。它站在那里举首顿足，茫然四顾，而后，而后就纵身跳入了身边的深渊。它是否在想，也许那深渊之下还会有一条出路，那路的尽头就是金色的草原，就是天堂牧场。

野牦牛种群面临的危机势必要危及家养牦牛种群的延续。而从长远看，牦牛种群的退化似乎已经是一个必然的趋势。像很多家畜的灭绝一样（这一点，我在本书中已经写到），有一天，我们可能再也见不到牦牛了。而希望似乎就在野牦牛身上。那么，野牦牛会不会从地球上彻底消失呢？这就要看，人类未来的态度了。

藏野驴之路

在青藏高原大型陆生野生动物中，野驴是我所见到的数量最多的一个种群了，其真正的名字叫西藏野驴，为野生马属动物青藏高原特有种，分布在世界各地的斑马群是它的表亲，它们分别是普通斑马、山斑马、细纹斑马、野驴和非洲野驴，还有野马。

从昆仑山麓到巴颜喀拉、唐古拉的那些开阔的山谷滩地上，我都曾望见过它们的身影。据我的观察，野驴堪称是大型圆蹄类哺乳动物家族中的智者。恕我不敬——它们具有英国绅士的风度和法兰西贵妇一样强烈的虚荣心。它们有着孩子般争强好胜的顽皮性情,也有着老人般沉静自若的闲淡心态。它们在草地上啃噬青草时安静得就像古代中国的江南淑女,在莽原上争斗和驰骋时刚烈得就像古代罗马和希腊的斗士。它们陷入沉思的样子像哲人般深沉,它们悠然踱步的儒雅风采就如同孔老夫子的学生。

而当地藏族对野驴的观察则更为细致,在他们的形象描述中,野驴几乎无所不能:当一头野驴站在山顶上时,它就像一个哨兵;如果一头野驴走在一条山谷里,它就像一个密探;野驴在河边饮水的样子像背水的牧女;如果一头野驴走在你前面,你就会把它当成一个牵着羊行走的老牧人;而当一头野驴迎面而来时,你也许就会把它看成一个骑着马、背着杈子枪的猎人……走近牧人的帐篷时,它像一个小偷;列队前行时,它们俨然就是一支训练有素的军旅;一群聚在一起的野驴仿佛集会的人群;而一群野驴在草原上吃草的样子就是一支驮运茶叶的商队……

野驴,从下颚到屁股,朝向地面的部分是纯白色,其他地方的毛色全是棕色。乍一看,那一溜儿白色就像是胸前露出的白衬衫,而那罩在白色之上的棕色就是一件标准的燕尾服了。它们是高原野生动物世界真正的"白领"。在它们相

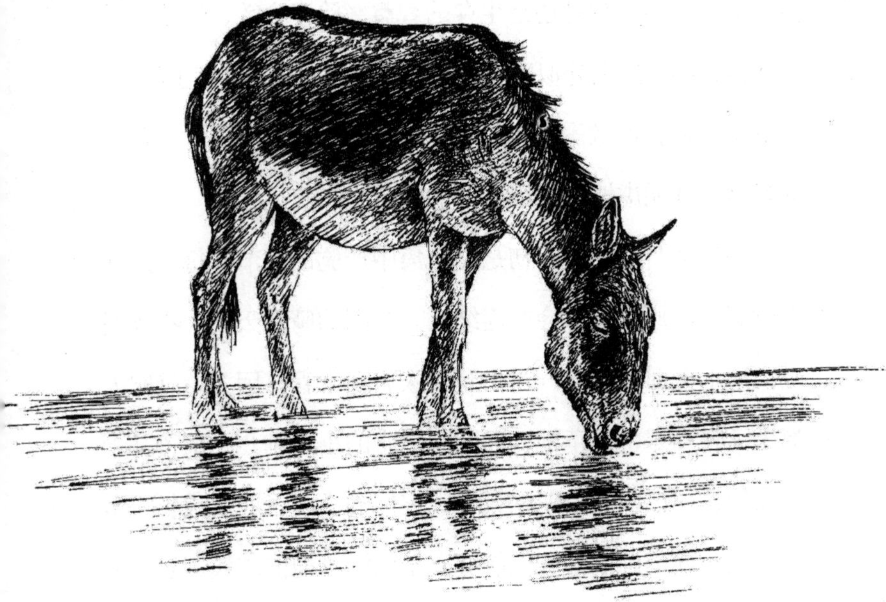

互争斗或偶尔心血来潮时，它们就会用两条后腿将整个身子竖起来，用两条修长的前腿攻击或者只是做做伸展运动。目睹那优雅的风采时，你可能就会想到身着燕尾服的卡拉扬在舞台上的情景。当然，它们有它们自己的舞台，它们从来就没想过要到别的舞台上去表演，更不会想着有一天要去指挥著名的柏林爱乐乐团。那样愚蠢的想法只会出现在人类的大脑里。对生命万物而言，人类的大脑里除了生存的智慧就全是愚蠢残忍的坏点子和无限膨胀的贪婪欲望，而在野驴的大脑中除了生存的智慧还是生存的智慧，除了食欲、情欲、爱欲和奔跑的欲望之外似乎就没有什么别的欲望了。饿了就吃，发情了就疯狂地做爱，产了小驹，就刻骨铭心地去爱，剩下的就是无忧无虑地走在沼泽和草原上的日子了。

每年7月底到8月初是野驴集中产驹的时节。每年的这个时间，高原腹地都会有连续七天时间的晴朗天气。牧人们说，这七天时间的天气是由野驴家族在掌管。因为，野驴大都生活在高寒沼泽草地，而刚刚出生的小驴驹儿的蹄子又十分嫩软，如果没有晴朗的天气，它们的小蹄子就很难长得坚硬。而坚硬的蹄子是它们能够立足沼泽草地的本钱，它们的蹄子就是狼的牙齿，就是豹子的尾巴，就是野牛的犄角。有了坚硬的蹄子，它们才能纵横驰骋，才能穿越无边的沼泽地，也才能在遇到危险时保障自己的安全。它们的蹄子常常使草原狼闻风丧胆。当成千上万的野驴在莽原上飞奔而过时，那坚硬的蹄子在大地上敲打出来的声音就像是万钧雷霆。成千上万的野驴在大草原上迁徙时，整个草原就成了棕色的草原，那就是野驴的草原。

　　包括人类在内的所有动物都不敢轻易涉足沼泽地，唯独野驴将沼泽视为家园。在高原腹地的那些沼泽里，到处都留下过它们迁徙的足迹，那就是野驴走过的路。那是一条弯弯曲曲的细线，那是一条被水草掩盖着因而很难辨认的水路。只有特别熟悉野驴生活习性的高原牧人才能发现并辨认野驴走过的路。只要你能准确地辨认野驴走过的路，你就能穿越青藏高原上所有的沼泽地。在不同的季节，野驴会穿越不同的沼泽，去找寻它们梦中的水草。千万年来，那无边的沼泽不仅养育了它们，也是它们得以保全自己的生态屏障。只要那无边的沼泽依然存在，就不会有什么太大的危害降临在它们的头上。

　　就是这样一种灵物，也难逃人类的魔掌。也是1958年之后的事，许多打猎队就开始大规模猎杀野驴，几年之后，许多地方已经见不到野驴群了。我在前面写到过长江源区一条叫君曲的河，这条河因野驴而得名。1958年之前的漫长岁月里，那开阔的河谷沼泽和滩地上，野驴群就像棕色的波浪一样翻滚着。20世纪最后的日子里，当我走进那条河谷时，那里依然还有成群的野驴，但那野驴群显然已经形不成波浪了。据说，那有限的野驴群还是1984年之后才慢慢恢复起来的——从那一年野驴作为野生动物才开始禁猎。君曲草原上的牧人阿嘉介绍说，那时候，他们的打猎队猎杀的野驴，不但要供各牧委会的牧人食用，还被运往城镇，供应城镇居民。当时，他们牧委会就有三个打猎队，每个打猎队由5个人组成，一年四季专门打猎，主要就是猎杀野驴。他不是打猎队的成员，但是，从1966年到1984年的近20年里，他猎杀的野驴至少也有100头以上——现在，100头以上的野驴群已经很难看到了，而以前，数千头乃至上万头一群的野驴随处可见。

1984年之后野驴种群数量有所回升，以至有些地方竟传出"野驴成灾"的话，譬如玛多。但是，近十余年，我曾很多次在玛多草原采访，从不曾见到成群的野驴。所到之处，几乎所有的草原都已经严重退化，很多地方已经变成了荒漠甚至沙漠。那天，我走在扎陵湖西边的玛涌滩上，几乎每走一步脚都要陷进松软的沙土中不能自拔，好像整个草原都已被掏空了。这里曾是水草丰美的牧场，是传说中格萨尔赛马称王的地方，但是，当我站在格萨尔曾经站过的山梁上，茫然四顾时，看到的却是草原破败的惨象。那道山梁之下，就是著名的星宿海，可是，那星罗棋布的高原湖泊而今安在？那无边无际的沼泽草场而今安在？没有了湖泊和沼泽的玛多草原上似乎已经没有了牧草的生长。而那湖泊和沼泽充盈着的草原才是野驴的家园，失去了家园的野驴在哀鸣，在受难，它们又何以成灾？

自古就有"天上的龙肉地上的驴肉"之说，野驴自然也就难逃其口了。尽管自然界可以放心去吃的东西越来越少了，尽管在一派山吃海喝、暴殄天物的风暴中，"非典"、禽流感向我们汹涌而来——大自然已经开始对人类进行报复和惩罚了，但是，人们依然在寻找着新的吃法和不曾尝试的新鲜东西，而且总会有那么一些丧心病狂的人只要他们能想到的就没有什么是不可以吃的。何况，近百年来，地球上几乎所有的东西都在迅速减少。

我有一种预感，人类迟早要吃掉自己。否则，他们就会统统饿死在被吃得空无一物的地球上。但愿青藏高原上的野驴们能听到我说话的声音,而后就向梦中的天堂牧场飞奔而去。因此我曾设想,假如高原腹地有一片无边无际的大沼泽就好了,那样野驴们尽可以沿着大沼泽中的野驴之路进入沼泽腹地,尽享天伦之乐,而不受人类的侵扰。

可是,那样,我们再也见不到野驴了。

幸好,它还在。在高原腹地的莽原上,我们不时地还能望见它们的身影,或远,或近。尤其近些年,其种群数量已经有所恢复,栖息地也开始得到保护。但是,我感觉,在怎样施行保护的问题上——尤其是生物多样性的保护上,我们还并未找到一个最好的办法。最佳的选择应该是修复生态系统的平衡,但平衡已经被打破,修复显得非常艰难。问题在于,我们还不大清楚那个点在什么地方。是的——归根结底,平衡就是一个点。那也许是整个地球生物圈的一个支撑点。如果找不到这个点,就很难把握尺度,就会顾此失彼,就会出现新的不平衡。

那么,最终,我们能找到那个平衡点吗?

猎人与鹿

天还没亮，猎人就已经骑着马动身了，那条猎犬紧随其后。

他要赶在太阳还没出来之前守在那个垭口，等待那头马鹿的出现。差不多有半个月时间，他一直在仔细寻觅那头马鹿的踪迹，终于被他发现了，每天早晨，太阳花红的时候，它会准时从那垭口经过。

爬上那座山，来到那个垭口之前，他先将马拴在一个僻静的地方，而后带着猎犬来到垭口。在背风的隐蔽处找到一簇高山灌丛，将自己心爱的杈子枪架在灌丛里，让枪口对准了那垭口的一片不毛之地。尔后，他匍匐在灌丛草地上，将枪托放在肩膀上试了试，觉得非常妥当，也很舒服。灌丛周围地势平缓，而且还长着茂密的青草，这使他可以伸长了腿平平地趴在那里，一动不动。他看到猎犬也已紧贴着自己的身子趴下了。这狗有灵气，多年的狩猎经验使它变得也像一个猎人的样子了。它知道，什么时候该屏住呼吸保持安静，什么时候该迅速出击，什么时候该汪汪吠叫。只要主人一个眼神、一个轻微的动作，它都能心领神会。

但是，天才刚刚亮，要等太阳出来，还需要个把时辰。清早垭口的风凛冽刺骨，草地上还有露水，他不能这么早就趴在那里干等，那样即使他能耐得住寒冷，也可能会睡着。他得活动活动，但又不能走太远，更不能弄出太大动静。鹿是一种灵物，即便你离它很远，一不小心，也会暴露。都等了半个月了，这一会儿工夫算不了什么，千万不能出任何岔子。他在原地转了几圈，又蹲下身子，下意识地摸出烟袋来，他想抽一口旱烟，甚至已经把羊脚把烟瓶拿在手里了。可是，他是个有经验的猎人，他深知此时不是抽烟的时候，烟味会随风而去，让那头鹿警觉，并悄然离去。

这样盘算着，东方已经露出霞光，感觉鹿好像也正往这边走来,已经越来越近了。他再次趴在那里,调整了一下姿势,又端起枪试了试,感觉真是美极了。在大半生的猎人生涯中,他还从未有过这样的体验,猎物正一点点地靠近,而他却正端着猎枪瞄准。再过几秒钟,他就会扣动扳机了。而枪声一响,猎物就会应声倒地,他就可以满载而归了。现在万事俱备,只等他扣动扳机了。可是,那头鹿还没有出现。他得耐心地等待。一旦鹿走进他的知觉可控范围,哪怕是很轻微的动静,譬如鹿蹄踩到一片干了的树叶,或者鹿身子轻轻蹭到了一根灌木枝,他都能觉察到。可能是湿地上趴的时间有点久了,他肚子里有点响动,不过这点声音不会造成严重的后果,他并不是听到那响动的,而是感觉到的。他想,鹿又不在自己的肚子里,它怎么会感觉到呢?肚子里又有动静,这次持续的时间稍长一些。不仅如此,更糟糕的是,那动静还不停地往下窜,直奔肛门而去。这个时候,可不能放屁,那样就会前功尽弃。他使劲儿地憋着,想把屁憋回去,可那点儿屁硬是要往外窜,他几乎快要崩溃了。正在这时,那头鹿树杈样的鹿角好像在对面的树丛里晃了一下,可是一晃又不见了。

是不是自己看花眼了?不会的,他从没有过看走眼的时候。哪怕只是一晃,只要他感觉到了,那一定就是看见了。

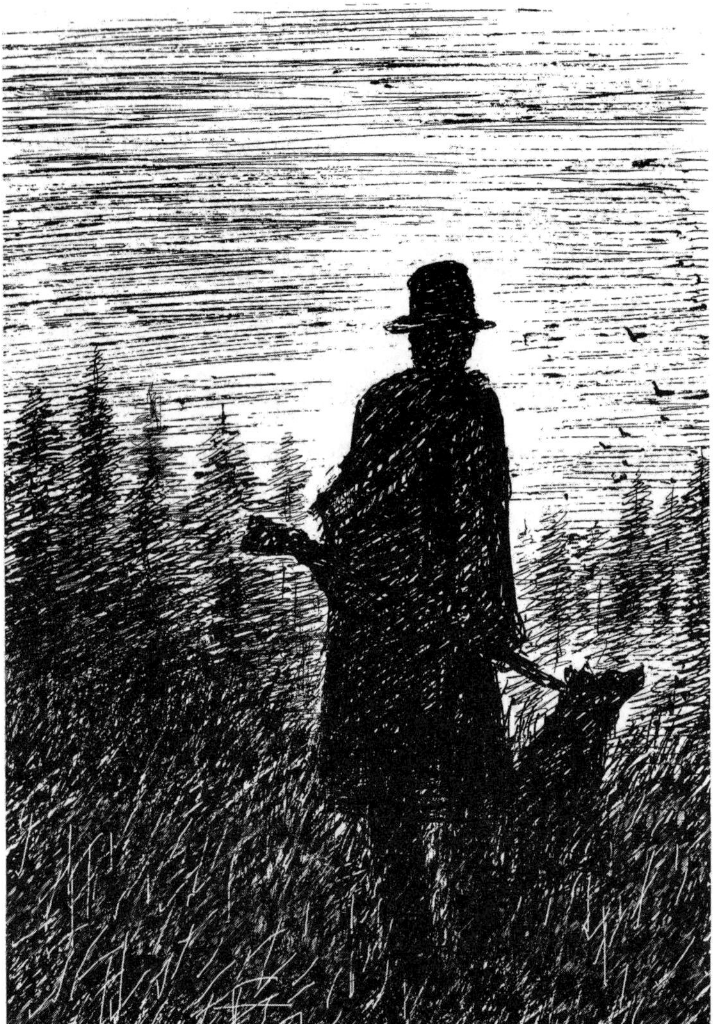

鹿已经出现了。果然。再看时，鹿已经走出那片灌丛，走进了那个垭口，只有不超过一条绳的距离。不能再迟疑了——迟疑是猎人的大忌，他必须即刻扣动扳机。一切都跟他事先料想的一模一样，这设计简直太完美了。他曾跟人说过，一个优秀的猎人不是用枪捕获猎物的，而是用完美的设计。今天再次验证了自己的智慧。

　　枪声终于响了，马鹿应声倒地。等硝烟散去时，他的心还在狂跳不已。他不能立刻跑过去，他得沉住气再等一会儿，看看猎物是不是在玩装死的把戏——据一代代猎人们的讲述，这是所有猎物一贯的伎俩。当然，他并不以为然。以他的判断，一个猎物在毫无提防的情况下，突然听到要命的枪声，绝难想到要装死，要不它就不是猎物。它一定是吓晕过去了，吓死了，那是过度惊吓造成的结果。别说是动物，即便是一个人，走着走着，突然听到有人从背后冷不丁地放了一枪，他也会吓晕过去。好像那一声巨响将整个世界都给轰没了，未及反应，眼前一黑，便轰然倒地，坠入了无边的黑暗。所以，他必须等待。如果那马鹿不是中弹身亡，他还有足够的时间再次射击。他从怀中摸出弹药袋，将一把散弹灌入枪管，而后填充好足够的火药，插好导火索，静静地等待着。

时间在一分一秒地过去，山风在耳边细语，好像是在对他说，那鹿已经死了。他定了定神，眼睛死死盯在鹿身上，竟没有一点动静，甚至连微弱的气息也没有了。这不像是吓晕过去的样子，应该是真的死了。他长舒了一口气，甚至还有意识地弄出点响动来，看那鹿有没有反应。没有。不必再等了。他歪过头去看了一眼狗，正好那狗也在看他，还向他微微点了点头。他明白它的意思，而且他还清楚，很多时候这条狗的判断都比他准确得多。有很多次，他做出了一个决定，但是这条狗在摇头。一开始，他还挺自信，但是多次失败的教训让他深深地懂得，如果拿不定主意（或者拿定主意之后），一定要记着看看狗的反应，听听它的意见。既然狗都已经点头了，那就是万无一失了。于是，他站起身，去把马牵了过来，然后挎上枪，戴上狐皮帽，带着猎犬，向猎物走去。快走到猎物跟前时，他还煞有介事地咳嗽了一声，依然没有丝毫反应。这下他放心了。

他要坐下来，歇一会儿，抽一口旱烟，然后，背着猎物回家——整头鹿，他是背不动的，但是他先可以把鹿头背回去，也许还可以背上一条鹿腿。剩下的，他会找个地方藏好，回头再来背。这时，太阳已经一绳高了，照在山上，他不再感到寒冷。因为一切来得太过顺利，没有半点悬念，这让他突然觉得兴味索然。原以为会有一场激烈的较量，不曾想，一切都在一刹那间结束了。这事看上去有点荒唐，有点邪乎，可它就这样发生了。当然，他不会在乎其过程是否出乎意料，他的目标是猎物。现在猎物已经到手，他没理由跟毫无意义的过程去较劲。

他先将自己的杈子枪挂在鹿角上，然后将自己的狐皮帽也挂在鹿角上了——这头鹿真大，鹿角也不一般。他数了数，两只鹿角上竟有18个分叉，也就是说，每只鹿角上有九个分叉，这真是难得一见的宝物啊。他看到狗也蹭到跟前想干点什么，他明白它的心思，便对着狗说道："别急。放心吧，少不了你的。"但是，他还是担心狗会捣乱，于是，他用马缰绳的一头把狗拴在上面，在马屁股上轻轻拍了一巴掌，让马把狗拉远一点。马也是灵物，它乘势打了个响鼻，牵着狗往旁边走了几步，然后停下来啃着青草。狗狠狠地瞪了马一眼，好像是在说：你明明知道我根本就不吃草，你要吃草硬拉着我干什么？

猎人没心思理会马与狗的别扭。他再次拿出自己心爱的羊脚把烟瓶，在烟锅子里填满旱烟丝，点燃，猛抽了几口，

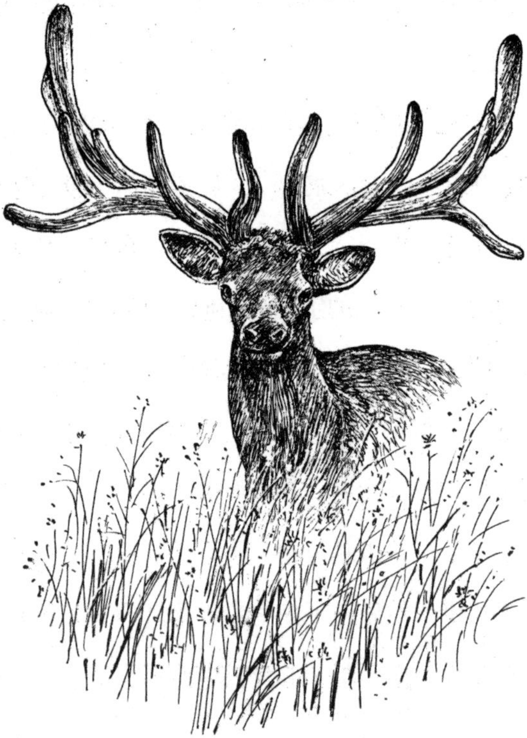

便烧干了。他意犹未尽,还想再来一瓶。本来他是要把烟灰扣在自己鞋底上的,可在低头时他看到了鹿的嘴唇。这一看,让他心生感慨:"看你,就这么倒下了吧?再也跑不动了吧?你要知道,我跟踪你已经有很长时间了,就是在等这一天的到来。也算我们两个有缘。来,你也抽一口。"

说着,他用烟锅子碰了碰鹿的鼻孔。烟锅子很烫,鹿好像被烫着了,噌一下跳起来奔跑起来。猎人还在纳闷儿,难不成这死鹿也知道烫?狗比主人反应迅速,它一看死了的鹿又活过来了,跑走了,还把它主人的权子枪也背跑了,还戴走了主人的狐皮帽——要知道,这两样宝贝在平日里主人都没让别人动过,连碰一下都不行,今儿个却被一头死鹿给抢走了,这还了得?说时迟那时快,狗疯了一般地撒腿拼命去追鹿,狗是拴在马缰绳上的,狗拼命一拽,马以为这也是主人的意思,也跟着狗去追那头鹿了。

猎人眼看着它们跑远了,这才想起来他也该追上去。可是,不一会儿,鹿、狗和马都跑得没影了。翻过了几座山,蹚过了几条河,猎人还是看不到它们的踪影。

他逢人便问:"有没有看到一头鹿?"

"没看到。"

"那有没有看到一头背着猎枪的鹿？"

"没看到。"

"那有没有看到一头戴着狐皮帽、背着猎枪的鹿？"

"没看到。"

"那有没有看到一条狗在追一头戴着狐皮帽、背着猎枪的鹿？"

"也没看到。"

"那有没有看到，一条狗牵着一匹马在追一头戴着狐皮帽、背着猎枪的鹿？"

"更没看到。"

据说，后来猎人不再打猎了，因为他没有了猎枪和猎犬，也没有了可以追逐猎物的骏马。假如，偶尔他会想起这段离奇的狩猎经历，也许他还会坚持自己的说法："一声巨响将整个世界都给轰没了，它眼前一黑，轰然倒地，坠入了无边的黑暗。它一定是被我的枪声给吓晕过去了。而我又把它给烫醒了。"

这是一则藏族民间故事，原本是以口头方式流传于藏区的。我曾听不同的人讲过这个故事，虽然故事的基本情节不会有改变，但随着讲述者身份的变化，故事所呈现出来的效果却因人而异，甚至各有千秋。在将它整理成文字时我还发现，口头语言有着书面语言所无法比拟的感染力。因为没有了语境现场，讲述者极度夸张的语气、腔调以及肢体和面部表情所传递的现场感无法还原，所以其本真朴实的语境生态已经完全被破坏。因为我的本义并不是搜集和整理一则民间故事，而是想借此另有表达，使其具有某种启示意义，便自作聪明，写成了你已经看到的这个样子。我试图以过程性交代和心理描写的方式对其有所补救，结果却适得其反。

其实，我想要说的是，猎人与猎物之间整体上呈主动与被动的必然关系，即：猎捕和被猎捕的关系，但也存在变主动为被动（或变被动为主动）的偶然关系，即：被猎捕者掌控猎捕局面——最终，因果得以转换，黑暗变成了光明，阴谋变成了真相，血腥变成了彩虹，屠杀变成了生命的游戏，狩猎的悲惨场景变成了猎物捉弄猎人的幽默喜剧。虽然，这是一个猎人的故事，但它的落脚点并不是猎杀和被猎杀的离奇情节，而是对生命的礼赞。

还有一个真实的故事。我熟悉故事里的主人公，因为他早已过世的缘故，依民族习俗，不好提及姓名。一天，他去打猎。他出门时，天还没亮。日头花红的时候，他已经来到一个山口，匍匐在地，等待猎物的出现。这时，一头高大的雄鹿走进视线，鹿角几乎长成了树，他没数，感觉它至少也有十几个分叉。他见过很多的鹿，但是长成这个样子的鹿还是第一次看到。鹿越走越近，但是突然，它停住了脚步，不再移动，像是特意摆好了姿势要让他射击。他暗喜，今天这是怎么了，竟有这等好事。他屏住呼吸，就要扣动扳机了。

可是那头鹿太奇怪了，它定定地看着前方。他顺着鹿的目光瞄了一眼，他发现鹿的正前方蹲着一头雪豹，雪豹没看到鹿，却盯着他的一举一动。所谓"螳螂捕蝉黄雀在后"，说的正是这个意思。他这才明白那鹿为什么盯着前方了，幸亏他没有扣动扳机，否则，那头鹿也许会被猎获，但自己也一定会成为那头雪豹的猎物。在与雪豹的目光相遇的那一刻，他几乎要崩溃了，可他不敢动弹，只要他稍有动静，雪豹都会对他发起攻击。他只好一动不动地趴在那里，用安静和等待与之僵持，以争取逃生的时间。也不知道过去了多长时间，雪豹终于没了耐心，缓缓站起身，伸了伸懒腰，龇龇牙，一歪脑袋，侧身离去。这时，他才发现自己已经满身是汗，而那头鹿却早已不知去向。他没敢站起身，直接顺着山坡向后滑去……

虽然这是个真实的故事，却有着普遍的象征意义。其实，自然界原本也有捕猎者。对鼠类而言，猫是狩猎者；对食草类而言，食肉类是狩猎者。只不过，在人类出现之前的漫长岁月里，捕猎的目的仅仅是为了生存，所以，捕猎者都会遵循这样一个准则，它们从不会无为地杀戮。直到人类这个捕猎者出现之后，一切才发生了改变，因为它将所有的生命都当成了猎物，至少在拥有火器装备之后是这样。如果一开始人类狩猎的目的也是为了生存的话，那么，到后来就不是了——他们会为满足贪婪的欲望而杀戮。

但是，猎人与猎物的关系永远是相对的，此时的猎物，彼时也许就是狩猎者，而猎人则很可能会成为其他狩猎者的猎物。自古如是。如果这是一个法则，它会一直存在下去，即使地球上所有的猎物都灭绝了，只剩下人类，法则依然会存在，等待新的猎物出现。如果没有猎物，人类还可以自相残杀。所谓逐鹿中原或群雄逐鹿，并非真的在追逐一头或一群鹿，而是在逐天下，是互猎。《史记·淮阴侯列传》就说："秦失其鹿，天下共逐之。"

如果灭绝的是猎人，剩下的是猎物，也一样。

棕熊与房子

棕熊为什么喜欢扒房子呢？

在与世界著名野生动物学家乔治·夏勒的一次谈话中，我问夏勒博士。他说，他也一直在关注这件事，可是没法给出合理的解释。末了，又补充道，以前棕熊为什么不扒房子？因为草原上没房子可扒。现在，为什么喜欢扒？可能有房子可扒了。

这是大实话。以前草原上的确没房子，只有帐篷。可它很少扒帐篷，虽然也会经常光顾牧人的帐篷，但它不会将帐篷掀翻。它一般也不会从帐篷的门帘进出，而是从帐篷的一侧钻进去——当然是选没人的时候，而后翻箱倒柜，吃饱喝足了，还会把糌粑曲拉撒在地上，把酥油涂抹在帐篷上，似乎那样很好玩儿——我以为它就是觉得好玩儿才这样的。等它折腾累了，不好玩儿了，如果天气不错，它还会在帐篷里小睡一会儿。好像在替主人看护帐篷，因为只要它睡着了，在主人回来之前，它是不会醒过来的。帐篷的主人当然不知道有客人来，等他们放牧归来，或者从别的什么地方回来，便会径直走向帐篷，一掀门帘便往里走。这时，他们才会看到棕熊，一般都会感到惊讶，随后也会发出一些虚张声势的动静来。听到动静，棕熊才会醒过来，但是，它不会急着离开。它先会睡眼惺忪地瞪上一眼，像是在责怪把它给吵醒了。而后也不发脾气，一骨碌爬起来，伸伸懒腰，一缩头，还从进来的那个地方爬了出去。

很多牧人给我讲过这样的故事——当然是有棕熊的那些地方的牧人，因为并不是随便什么地方都有棕熊的。我在青藏高原的很多地方都见过棕熊，都在旷野上，都离得很远。每次，看到它的时候，它都是孤零零地独自在走，不慌不忙的样子。一边低头走路，一边摇头晃脑，偶尔还会弓一下腰，甚至会用两只前掌拍打一下——可能有东西挡在路上，妨碍到它的行走，一副心事重重的样子。我在野外看到的棕熊几

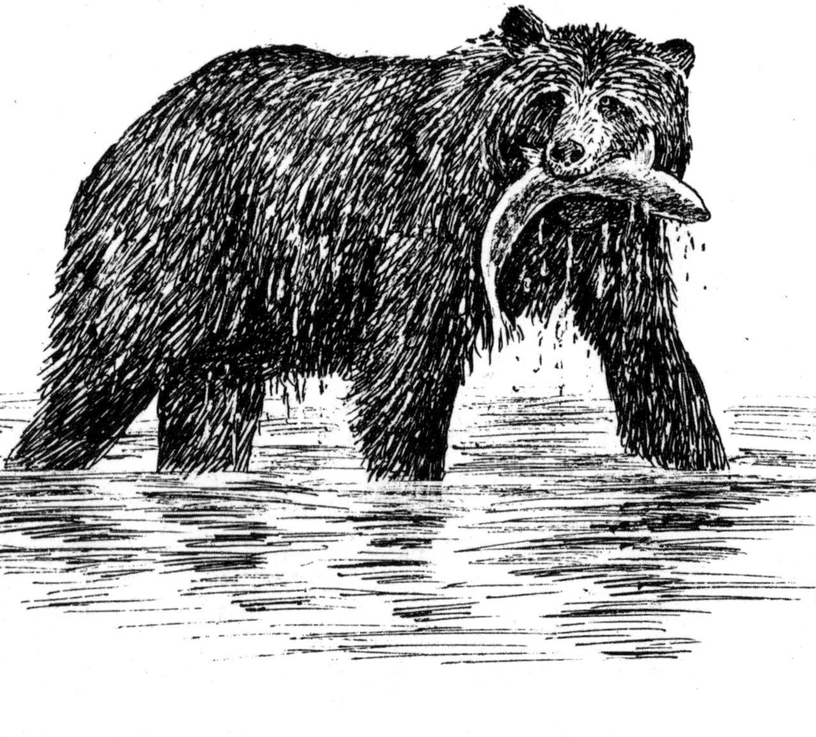

乎都是这个样子，好像它们从不奔跑，也许在它看来，这世上根本就没有什么事情必须要心急火燎的。我以为，它一直都是这样，可是后来看到牧人们拍摄的一些视频画面，才发现，它也能奔跑，而且还会跳跃。如果不是在草地而是在灌丛中，它就会一跳一跳地从前面的灌丛上翻过去，远远看上去，就像是一个巨大的毛球在那里翻滚。细细一看，才明白，原来它离牧人的畜群太近，牧人有意发出一些吓唬的声音，让它离开的。最后一跳之后，它便消失在那灌丛里面了。

　　我看到的棕熊大多在照片上，照片上的棕熊都离得很近，都是特写镜头。我感觉，离得太近了，反倒不好看。毕竟是一头猛兽，离得近了，就能看出些凶相来。也许是吓人的故事听多了，印象中几乎所有的猛兽都有一张血盆大口，它倒不是这样。与它那壮硕无比的个头相比，它那张尖嘴，甚至可以称得上小巧。但总体上，我还是更喜欢远远看到的棕熊，尤其是它在旷野上独自漫步的样子。只看到一头笨熊行走，却看不到凶相，显得憨厚可爱。

　　草原上的帐篷都变成房子是这几年才有的事。一开始，房子也还是很少。一条山谷或一片草原上，孤零零地突兀着一两间小土屋，也算是新鲜事物。可能棕熊也发现了它的特别之处，于是去造访。门是开着的，可它不走门，而是要从窗户翻进去，窗户是关着的，还有玻璃，它就一掌把窗户推开，如果窗户是从里面扣着的，一掌过去，窗户就没了。它就呼哧呼哧地一跟头翻进去，还是翻箱倒柜那一套，像恶作剧，像一个老顽童的恶作剧。每每令主人哭笑不得。而在藏族的传统文化习俗里，这种事一般还被视作是吉兆，像是家中突然来了贵客，也喜欢张扬出去，生怕别人不知道。后来，随着一项项游牧民定居工程的实施，草原上的房子越来越多了，最后，帐篷已经难得一见了，到处都盖起了房子。而同时，棕熊也似乎多了起来，虽然，夏勒博士说，还没有足够的证据来证明棕熊是否真的多了，但这样的故事是越来越多，也越来越离奇了。

我想，如果不是棕熊的原因，那一定跟房子有关了。据我的猜想，棕熊之所以喜欢扒房子，除了贪吃之外，多半是出于好奇。它生性顽皮，见到什么新鲜东西总想去看个究竟，但是到了现场，翻了个底朝天，也没看出个名堂来。便觉得无聊，只好倒头大睡。可糟糕的是，它记性又不好，前一天做过什么，经历了什么，到了第二天，或换了个地方，一概抛于脑后，不记得了。于是，故伎重演。还有，它为什么不走门,是帐篷,它要从旁边钻进去,是房子,它要从窗户翻进去呢?我以为,那是熊的一种经验,是有意为之。你想,无论是帐篷还是房子,无论是门帘还是门,那都是人走的通道,一天到晚,男女老幼不知道要进出多少次,都会留下印记和气味了——在熊看来说不定还是一种奇臭无比的味道,安全起见,它要进去,必须得避开那个人走的通道才行,以显示它与人类的区别,这样它才会感觉踏实。毕竟那是人住的地方,而非熊窝。你见过一头熊走人走的路吗?别说熊,几乎所有的野生动物都有它们自己的路,都有自己行进的方向。很多野生动物的行进路线还非常隐蔽,像野驴和麝之路。一旦它们误入歧途,走上人道,定会凶多吉少。同样的道理,人也不会走兽道畜生道。如果一个人要去熊窝,肯定不敢走熊的通道,从洞口直接爬进去。不入虎穴焉得虎子,那也只是说说而已。真实的情况也许是,他们事先已经挖好了陷阱,或下好了套,做好了埋伏,才敢装出一副直入虎穴的样子,迈出这一步——即便如此,他们也断不会靠得太近,以免落得个虎子没得到却将自己送入虎口的下场。

如此想来,我的建议是,草原上的居民不妨也学学棕熊,顽皮一点,幽默一点,也弄出点类似恶作剧的花样来,而这也是他们所擅长的。从房子里出来时走门，进去时翻窗户，闲来无事时，再往屋子周围的墙壁上蹭蹭前胸后背，最好也经常到屋顶上打个滚儿。这样熊就摸不着门道了。也许，它会站在很远的地方发出一声惊叹：什么时候，这人有了这等法力，能像空气一样四处飘荡？难不成他们已隐形于万物，从此再也见不着了？

也许熊不会这样无聊，像人一样瞎琢磨。以熊的脾性，它总会找到一个更好玩儿的办法，继续它的恶作剧。不过，你不妨一试，一试便见分晓。

蓝马鸡，白马鸡

蓝马鸡，我是见过的，而且从小就见过。我老家村庄后面的山上就有蓝马鸡，每次到山上，翻过那道垭口，就听见一种宏阔的鸣叫声从对面的柏树林里传来，那就是蓝马鸡的叫声。在山野空谷听来，那叫声像是用一块石头敲击一块木板发出的声音，或者像用斧子伐木的声音，并不美妙动人，却可以传得很远，即使隔着一座山，那声音也能传到你耳朵里。

它们喜欢在朝阳的山坡上栖居。那个地方周围一般都会有陡峭的悬崖——我感觉，这主要是从防御角度考虑的。那个地方的树木也不是非常高大和茂密,乔木多为柏树,柏树虽然高大,但是枝叶疏朗,阳光可以直射林下——我感觉,它们喜欢晒太阳,阴雨天应该躲在一棵大树下,很少走动,因为,在这样的日子,我从未听到过它们的叫声。它们不喜欢远距离走动,因为多少年里,它们一直待在那个地方。它们有天蓝色的羽毛,腹部和尾翼夹杂着一丝丝白色。

记得那个年代有一种蓝布,就是它羽毛的颜色。人们都喜欢用这蓝布做衣服和裤子。有一个人穿着这样一条裤子去山上砍柴,累了,他躺在一个柏树下睡觉,裤腿露在外面。一个猎人看到了,以为是蓝马鸡,端起猎枪瞄准了,朝那个地方开了一枪。只听得哎哟一声,把猎人吓出一身冷汗来。赶紧跑过去看,还好并无大碍,但也有几粒散弹击穿了厚厚的鞋底,伤到了皮肉。

而白马鸡,我只是在图片上见过,却从未在野外见过活物。每次看那些图片,我都会有沉醉的感觉。按说,白马鸡更容易见到才对,因为蓝马鸡的濒危程度比白马鸡高。想来,这跟我生长的那一片山野有关,因为除了那个地方,我也没见过在哪里有蓝马鸡。但是,我毕竟见过蓝马鸡,而且不是一次两次,而是很多次——到底有多少次已经记不清了。不

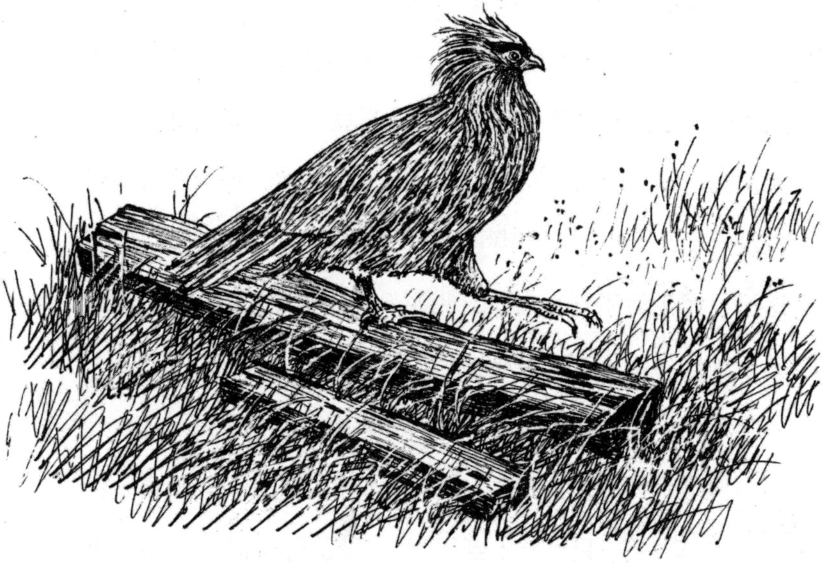

过，从相关记载和人们对它的描述看，它的生活习性与蓝马鸡无二，除了羽毛的色彩有所不同之外，它们之间没有太大的分别。可我从未见过白马鸡，对我而言，它比蓝马鸡更为稀奇。所以，每到一个地方，但凡听到有白马鸡的消息，我总会去寻找。有好几次，我在向导的带领下，翻山越岭，穿过一片片森林，去找过白马鸡，结果，连一根羽毛都没见着。还不死心，一有机会，还会继续寻访。

有一年秋天去玛可河林区，听说那里有很多白马鸡，便找了一名老护林员领我去看。一大早就出门，我们走了一整天，翻了好几座山，穿过了一片又一片密林，却一只白马鸡也没看到，只听到过几声马鸡的鸣叫。他觉得很奇怪，他在这里已经生活了三十余年，当了20年的伐木工，他见到过无数的白马鸡，在那些漫长的冬天，他常常以打猎来消遣。每年冬天，他猎获的蓝马鸡和白马鸡至少也在百只以上，当然，他猎获的不只是马鸡，还有石羊和别的动物。他自言自语："怎么就一只也看不到了呢？"最终我们不得不放弃继续寻找白马鸡的努力，就坐在一道山梁上，看那森林。

看那森林时，我想起了一个传说。传说中的白马鸡是雄狮大王格萨尔的士兵，在格萨尔归天之后，它们化身白马鸡隐于山林。如果有一天格萨尔重新降世，开始新的征程，这些白马鸡身上洁白的羽毛就能重新变回银色的盔甲，赶往他的帐前听候调遣。一群洁白的鸟儿，原来是一群披戴银色盔甲的威武将士。它们曾征战四方，降妖伏魔，为世间带来吉祥和安宁。我很想看看这究竟是一群什么样的精灵，在举手投足之间是否还能看出威武的雄姿来。可是，它们不知所踪。而我却一直没有放弃过寻找它们的机会，只要听到什么地方发现有白马鸡，我总会设法前往，继续找寻。差不多有30年时间，我至少有十数次寻访白马鸡的经历，可是直到今天，连一只白马鸡也未曾见着。仿佛冥冥之中有一道无形的墙挡在我与白马鸡之间，使我无缘得见。与很多见到和拍到过白马鸡的人相比，我为之付出的辛劳一点也不比他们少，也曾翻山越岭，穿越过一片片森林去寻找，可就是没见着。之所以继续寻找，是因为我总觉得，也许缘分就在前方不远处。

说是不远，也未必能轻易抵达。远与近，有时候不是一个时空的概念。这就像两颗心之间的距离，看上去彼此离得很远，心却完全可以靠得很近。我不确定，我是否走近过白马鸡身旁——也许有很多次，我与一只白马鸡擦身而过，它的一丝羽毛甚至从我的脚面轻轻拂过也未可知——但是，我确信，我与它们之间的距离并不太远。我历经艰辛去寻访它们，只是去看一眼，就像是去拜访一位神交已久却尚不曾谋面的好友。可是机缘不巧，每次去，这位朋友都不在家里。见与不见似乎已经不重要，重要的是你去过。甚至他是否知道你去过也不重要，重要的是即使不确定他是否在家，你依然会去看望，哪怕是从门缝里望一眼他的处所也好。如果能觉察到他安然无恙的迹象，那再好不过了。那样你便可放心地离去。虽然，想念和牵挂是免不了的，但是，不必太过担心。因为，他无恙。

白马鸡，又名雪雉，鸡形目。在四川西部、西藏东部、青海南部、甘肃南部和云南西北部均有分布，有四个亚种。昌都亚种可以说是真正的白马鸡，除头顶为黑色、尾羽末端蓝绿色外，全身羽毛几近雪白。它分布于四川西部德格，青海南部玉树、杂多、囊谦和西藏东部的嘉黎、比如、索县、昌都、类乌齐、丁青等地。玉树亚种全身羽毛呈灰色，深浅不一，仅分布于青海玉树。丽江亚种体羽大部为白色，翅膀端部为淡灰褐色，在四川南部木里和云南西北丽江、香格里拉、德钦有分布。指名亚种与丽江亚种近似，不同之处在于其背部也略带灰色，翅羽灰褐色较之丽江亚种也更暗一些，它分布在青海南部班玛、达日，甘肃南部玛曲，西藏东北芒康、贡觉、江达、察雅和四川西北。

白马鸡大多栖息于海拔3000~4000米的高山和亚高山针叶林或针阔叶混交林地带，栖息地主要树种有红杉、冷杉、云杉、高山栎、油松和高山松。夏天，它们偶尔也会到4000米以上林缘地带活动，冬季有时候也会下到2800米左右的常绿阔叶林和落叶阔叶林带活动。不过，高山灌丛和草甸是白马鸡垂直分布的上限。与蓝马鸡一样，白马鸡喜欢群集，常成群出没，尤以冬春季节为甚，多达50~60只一群的白马鸡很常见。白马鸡白天外出活动，夜间休息。从清晨开始活动和觅食，到中午时，大多在树荫下小憩，偶有鸣叫，之后又出来活动，一直到黄昏时分，夜间通常会栖于树上。喜欢在早晨和傍晚间歇性鸣叫，鸣声洪亮而短促，发出"咯——咯——咯——"的声音，从很远的地方都能听到。白马鸡主要以灌木和草本植物的嫩叶、幼芽、根茎、花蕾、果实和种子为食，也吃昆虫和其他幼虫。随季节变化其食物结构也会有所变化，冬季多以植物根茎和种子为主要食物，春季喜食植物嫩叶、嫩芽，夏秋季，则喜欢吃植物叶蕾、花蕾和果实。幼鸟以昆虫等为主要食物，随着成长，食物中虫类所占比例也会渐渐变小。每年4月中旬，白马鸡大群会分散成小群生活，一般以一雄一雌为一单元，筑巢于3000~4000米左右的阳坡针叶林中，为配对繁殖做最后的准备。巢多筑于林下灌丛、倒了的树木下或林中岩洞，以灌丛和高草为隐蔽。5~7月为白马鸡繁殖期，5月下旬至6月初产卵，每窝产卵4~7枚，最多可达16枚。卵为黄褐色或青灰色，光滑无斑，孵化期为24~25天。等幼鸟慢慢长大、羽翼丰满之后，它们又会聚到一起，集群生活。如此周而复始，亘古不变，社会化、组织化程度极高，好像没有什么东西会打乱它们的生活规律。

虽然，我没见过白马鸡，但是，蓝马鸡我是熟悉的。除了分布区域稍有出入，白马鸡所有的生活习性都与蓝马鸡相似。不过，与白马鸡相比，蓝马鸡的分布区域要小得多，它只分布于青海东北部、甘肃西北部和南部、宁夏贺兰山和四川北部，种群数量也比白马鸡更为稀少。如果把这一区域看得再具象一点，我们就会发现，蓝马鸡只分布于祁连山脉的中东段和它的周边地区，而这一区域除甘肃南部以外，都没有白马鸡。因为，我恰好出生于这个地区，所以，能见到蓝马鸡和未见到白马鸡都是很自然的事。尽管后来，为了寻访白马鸡，我曾一次次出入于它们生息于斯的山野林莽，却依然不曾得见其芳容。这就是缘分。我与蓝马鸡有缘同处一片山野，便与之相见，而与白马鸡无缘，纵然众里寻它，也难得一见。这就像你见过黑马却没见过白马一样，于是牵挂，于是惦念，心存执着，不能释怀。可假如像公孙龙所言，白马非马，那么，黑马岂为马乎？嗟乎！如是，岂不执念于虚无？

从分布地看，它也许真的是格萨尔的士兵，因为它所分布的区域正好是《格萨尔史诗》广为传唱的地方，说不定它们也曾聆听并熟知雄狮大王格萨尔的史诗。也许正是因为这个缘故，它们从不会单独行动，如果从一面山坡上走过，你会看到它们都会列队前行，像一支秘密出征的队伍。

你要是问我，为何不辞辛劳去寻找白马鸡，或者找到之后要干什么——因为别人也问过同样的问题，我真不知道该怎样回答。因为我只是想看看，什么也不干，甚至看到它之后，如果可能我甚至不会让它们感觉到我曾经来过。我会躲在很远的地方，看看它们即可，只是看看。当然，也不要离得太远，最好是一个能看得非常清楚的地方。有时候，我自己也会问同样的问题，细细想过之后，所能想到的唯一理由是，我想记住它们的样子，让它们成为我的记忆，仅此而已。一次次跋山涉水去寻找白马鸡，只是为了记住它们的样子，这听起来有点荒唐，然事实如此。

我觉得，一个人的记忆里如果全是一日三餐这等过于具体实际的东西，是一件非常糟糕的事情，它会让人太过现实，太过注重利益得失。不说诗意和远方，这样的人生，几乎没有情趣可言。情趣是人生最基本的意义，如果生活中失去情趣，也就没有乐趣了，那么，还谈得上其他的意义吗？难！所以，我想，一个人的记忆里应该有一些看似并无多少实际用场或现实价值的东西，譬如白马鸡。试想，如果一个人的记忆深处，不时地有一只或一群白马鸡，或翩翩起舞，或昂首鸣叫，或低头沉吟，或款款踱步，那该是多么美妙的一件事情！

心想，见或者不见白马鸡，有或者没有这样的记忆，人生的意义也应该是不一样的，至少会有所区别。可反过来一想，又不禁生出这样的疑问来，你真会在乎这分别心吗？也许自己一直被某种执着所困，它让我有了分别心。如此执着于一事一物，应该是一件非常糟糕的事情。它要是存在，见或者不见，它都在那里，这才是真正重要的事。只要它在，你见不到，不一定别人见不到。你见了，它在那里，别人见了，它也在那里——它一直在那里。当然，别人见到的是否就是你想见到的白马鸡却是不一定的——或者说，你想见到的是否就是别人已经见过的白马鸡也是不一定的。

野鸡或雉鸟

  我书房的书架上,有一个用红土烧制的笔筒,上面雕有一支梅花,甚是喜欢。这是我一个姑爷的作品,原来放在我一个堂弟家里,后来发现笔筒沿口已破损——那时我姑爷已经故去,担心有一天它会完全破碎,便征得堂弟同意,让我来保存。在别人眼里,它算不得什么,在我却是宝贝。我把这笔筒拿回来之后,里面并没有插着几支笔,而是插上了几根羽毛。那是雉鸡的羽毛,确切地说是雉鸡的尾羽,是我从老家山坡上捡来的。记得刚捡来的时候,它鲜艳无比,棕黄色的羽毛上有一排倒人字形的黑色斜纹,像一行大雁。很多年过去之后，我突然发现，它的色彩远没有当初那么绚烂了，而且，因风化羽毛多有脱落，羽毛的脱落是从尖部开始的。又过了几年，除根部，羽毛大多已经脱落，只剩下细细的一根羽管，看上去，像一支箭。

在我熟悉的鸟类中，有一些鸟儿是很漂亮的，雉鸟或雉鸡，便是一种。

雉鸡，俗名野鸡，又名环颈雉，据说它共有31个亚种，在整个欧亚大陆广为分布。我所见过的雉鸡，体形大多比家鸡要小，但尾巴比家鸡长得多。雉鸡羽毛色彩鲜艳华丽，这是天下所有雉鸡的共同特征，不一样的是，我老家一带的雉鸡，金属绿为底色的颈部还有五彩颈圈，与东部诸地有白色颈圈的雉鸡稍有区别，而且，它长长的尾羽上有蓝黑色横斑。较之雄鸟的绚丽，雌鸟羽毛的色彩则黯淡多了，整体呈褐黄色或棕褐色，杂以黑斑，尾羽也比雄鸟短了很多。

假如分别看到一只雄鸟与一只雌鸟，除却了体形，你简直不敢相信它们属同一种类。细细一想，你会发现，雄性比雌性漂亮，这是动物界的一大共同特征。从外貌上看，这也是它们显著区别于人类的地方。在人类世界里，自古以来，女性比男性更加注重衣着相貌的修饰和装扮，而动物界不是。无论狮子、老虎、孔雀、蝴蝶，还是别的什么

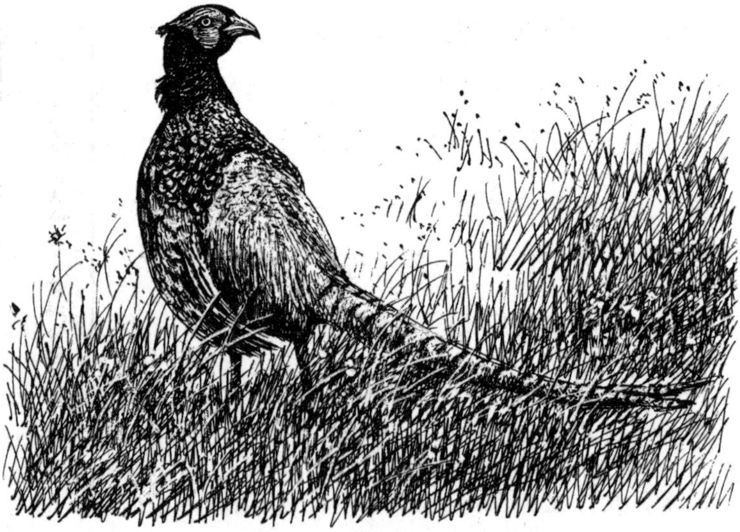

飞禽走兽，但凡你能想起来的，雄性都比同类的雌性要漂亮，在长有羽毛（或体毛）的品类中更是如此。

我老家山野所分布鸟类众多，少说也有一二百种，而从种群数量看，除了麻雀和百灵鸟，恐怕要数雉鸡为最了。尤其是近一二十年间，它们的数量好像一直在稳步增加，一天到晚，只要你留意听，它们的鸣叫声会随时传入你的耳朵。它们喜欢在飞翔中鸣叫，虽然在林间草丛悠闲踱步时也会鸣叫，但那一般都是一声单调的叫声，多为单音节叫声，忽听得"咯儿"的一声，便没了下文。而在飞翔中，它的鸣叫声却大不一样，那是一长串不间断的鸣叫声，乍一听像是开怀大笑。那鸣叫声持续时间长短与它的飞行距离有关，如果它从一座小山头飞往另一座小山头，鸣叫声会在起飞的同时响起，落下之前却不会停止。如果你看到过一只飞翔着鸣叫的环颈雉，你就会发现，它的鸣叫声的频率与它拍打翅膀的频率是一致的，好像那不是它的叫声，而是它拍打翅膀的声音。

小时候，我见过有人在肩头架着一只鹰去逮兔子或环颈雉的情景，那场面可谓惊心动魄。那个时候，偶尔会听到谁养了一只鹰这样的事，后来，鹰不见了，养鹰的人没有了，雉鸟儿也没了，也见不到这样的场面了。多年之后，我突然发现，山上的树木一下茂密起来了，到处一派葱郁。也就在同时，曾经从山野间销声匿迹了很多年的那些鸟儿又回到了山上，其中就有环颈雉。再后来，我发现，它们几乎无处不在，在林间，在山野，在河谷，在田间地头，甚至房前屋后，一年四季，随时随地都能见到它们的身影。尤其是在秋天，庄稼收割完毕之后，几乎每一道田埂上都能看到成群的雉鸟，它们排成一列蹲在田埂上，像看戏。在冬天，它们偶尔还会飞到人家里面觅食，像是家养的鸟儿，只要你不驱赶或做出吓唬的样子，它们也不着急离开，有时候甚至会在麦草垛上埋着头睡着。

回老家时，我总喜欢到山野间漫无目的地游走，这样的时候，我总是在不经意间与一只或一群雉鸟不期而遇。如果它们不是"咯—咯—咯—咯"鸣叫着扑棱棱飞了起来，我想自己一定会踩到它们长长的尾羽。有时一天之内，我会有很多次这样的经历。它们突然从自己脚下飞走时，总是会把我吓一跳的——但事后我想，一定是我先吓着它们了，因为我惊扰到了它们安静的生活。一次，我回家时，家里人告诉我，有一只雄雉，每晚都在我家门前的一棵树上过夜，好几年了，天天如此。那时候，父亲母亲都还健在，家里养着两只猫，它们也发现了雉鸟的栖身处，几次都想在夜间偷袭，都被母亲及时发现和制止了。后来，猫可能也觉得，既然女主人护着，那一定是不能冒犯的，也就不再打那雉鸟的主意。有时候，人也跟猫一样，会萌生想逮住那只雉鸟的念头来。一天傍晚，我听到我们家的几个小伙子正在密谋夜间偷袭雉鸟的行动，我当即训斥了一顿，之后，他们也跟猫一样老实了，不敢再动这样的念头。一直到现在，每晚都有一只雉鸟在我家门前的那棵树上栖息。我不确定它是否就是一开始的那一只雉鸟，重要的是那树上一直有一只雉鸟，我视之为祥瑞。

也许是因为它长得漂亮、人们喜欢的缘故，有关雉鸟或环颈雉的记载很多。在中国，最著名的记述当属宋代叶梦得《避暑录话》中那则像寓言一样的文字："有猎于山者，射雄雉而置雌雉，或扣其故，曰：'置雌者留招雄也，射雌则雄者飏，并获则绝矣。'数月后，雌果招一雄来，猎者又射之。如是数年，获雄雉无数。一日雌雉随猎者归家，以首触庭前香案而死。后其家人死相继，又为讼累而荡其产，未几猎者亦死，竟绝后。或曰：'人莫不爱其伉俪，鸟亦然耶。'猎者之计虽狡，而雉鸟之报更惨矣。"

叶梦得这是在劝人做事不可太过贪婪，对自然万物也要心怀悲悯。《避暑录话》书中，作者还有序言，说因酷暑难熬，不能安其室，于是每日早起，即择泉石深旷、竹松幽茂处避暑，与其二子及门生"泛话古今杂事，耳目所接，论述平生出处及老交亲戚之言，以为欢笑，皆后生所未知。"

这段序言道出了此类记述的意义所在，不仅在宋代，在当下的世界更是如此。现在的人都忙于生计世故或现实利益，难得有闲情逸致去关心一只雉鸟的命运。然而，深究起来，不止雉鸟，而今人类的眼里，其实除了他们自身，几乎已经什么都不复存在。这并不是说生灵万物真的不在了，烟消云散了，而是我们视而不见。这真应了叶梦得那句话，曾经以为欢笑的古今杂事，耳目所接，皆后生所未知。自宋而今已然如是，况乎自今而后？这才是令人担忧的事情。

还有一段著名的记载出自唐玄奘《大唐西域记》，故事发生在古印度。

说有一片森林里住着很多鸟兽。一天，狂风大作，引起森林大火，鸟兽们四处逃窜。看到这情景，一只雉鸟心生悲悯，便飞到很远的地方——那里有一条河，它跳进河水，将自己的羽毛在河水里泡湿，再飞回来救火。一次次飞去飞回，不以为苦。虽然杯水车薪，于事无补，但它依然坚持不懈。帝释天见它如此辛劳，甚为不解，便问道："你这样做是为了什么呢？"雉鸟答道："我只想救这场大火，好让森林中的鸟兽有个安身之处。我虽然身小力单,但力量再小也是力量,我为什么就不能尽力呢?"

帝释天又问:"你力量这么微弱,肯定是扑不灭这场大火的,你打算干到什么时候?"

雉鸟答道:"我会一直干下去,一直到我飞不动了,累死了,才会停止。"

帝释天大为感动,用自己的双手掬了一捧水,遍洒森林,浇灭了大火,无数生灵因此得救。据说,这只雉鸟就是佛祖释迦牟尼的前世。

曾经的故事都是这般美丽动人。故事里的事未必是真的,但它依然美丽,即使过了一两千年岁月,依然美丽着,甚至更加美丽动人。可是,很久以后,还会有人记得这些故事吗?

好在我记忆中还有一群雉鸟,鸣叫着,飞翔着,也栖息着。也许这也正是我为什么会写这些鸟兽故事的原因。我需要记住它们,如果可能,希望我的孩子们也会记住它们。最好,他们的孩子也能记得。

乌鸦的秋天

一场秋雨过后,夜里起风了。第二天早上起来的时候,发现门前的空地上落了很多树叶。田野上一派肃杀,远处山坡上的树叶好像比前一天更黄了。如果此时走到山上,置身于茂密的山林,便会听到无边落木萧萧下的声音。

不知不觉中,秋天已经来了。

一天我正立于门前,望着远山时,一群乌鸦从天而降,飞过村庄的上空,落在不远处的几棵杨树上,呱啦呱啦地叫个不停。而整整一个夏天,我从不曾看到过它们的身影。据说,乌鸦是一种留鸟,一直就在附近,从不曾飞远,巢就筑在树上。以前，我曾见过它们在树上的巢，不是像喜鹊那样一棵树上一般都只有一个巢，两个以上的很少见。印象中，乌鸦的巢会集中筑在一棵树上，有时，一棵树上会有十几个或几十个。有人见过，在国外一些地方，有的树上有上千个乌鸦的巢。可是，我已经很久没有见过哪棵树上有乌鸦的巢，那么，平时它们都去了哪里？秋天一到，它们又怎么会一下子出现在人们的视野中。有人说，这是因为秋天的田野上可以找到很多食物，它们吃胖了好过冬。我觉得不全是，因为，在春天和夏天，田野周边的树上或其他地方也很少见到它们的身影。田野何其广袤，食物何其丰富，不仅是秋天，任何一个季节，要养活几只乌鸦都不是难事。它们又不冬眠，在漫长的冬季也是要吃东西的。而且，据我的观察，它们出现在秋天的田野上之后，并未见忙着觅食的情景。可见，它们出现在秋天并不只是为了寻找食物。那么，除此之外是否还有什么不为人知的秘密呢？一个属于乌鸦的秘密。

　　乌鸦（crow），鸦属（Corvus Linnaeus, 1758）、鸟纲、鸦科 Corvidae，俗称"老鸹""老鸦"。全身或大部分羽毛为乌黑色，故名。全世界大约有41种乌鸦。多在树上营巢，常成群结队且飞且鸣，声音嘶哑。杂食谷类、昆虫等，功大于过，属于益鸟。乌鸦有强而有力的腿和趾，坚硬而较粗大的嘴，鼻孔的位置约在离前额的三分之一处，被硬而直的鼻须完全遮盖，且达嘴的中部。尾长中等，也有短尾、稍长的或是凸尾的。乌鸦的体色是黑色、黑色和白色、黑色和灰色，还有紫色、蓝色、绿色和银色的乌鸦。除南美洲、南极洲等地外，乌鸦几乎遍布于全世界。

古今中外，乌鸦似乎一直背负着天地间无穷无尽的秘密，人类也从未停止过对这些秘密的探究与追寻。美国影片《乌鸦》就是无数案例中间的一个现代样本，讲述了一只乌鸦在阴阳两界来回穿梭，使一个亡者死而复生，重新回到阳间的故事。在东方文化中，乌鸦也有阴阳间使者的传说。如果在东西方文化的长河中做一番搜寻，你便会发现一个奇特的现象。一只乌鸦集大凶大吉于一身，飞越了悠悠几千年时空，这在整个鸟类的世界里都不多见。

《山海经·大荒东经》说，大荒之上，有一座山，山上长着一种扶木，高达三百里，树叶如芥菜之叶。那里有一个山谷，也生长扶木，常看见，一个太阳刚刚接近扶木，另一个太阳就会离开扶木，它们（指太阳）都载于三足乌的身上。这里面的乌便是乌鸦。据注，这扶木即榑木，也叫扶桑，

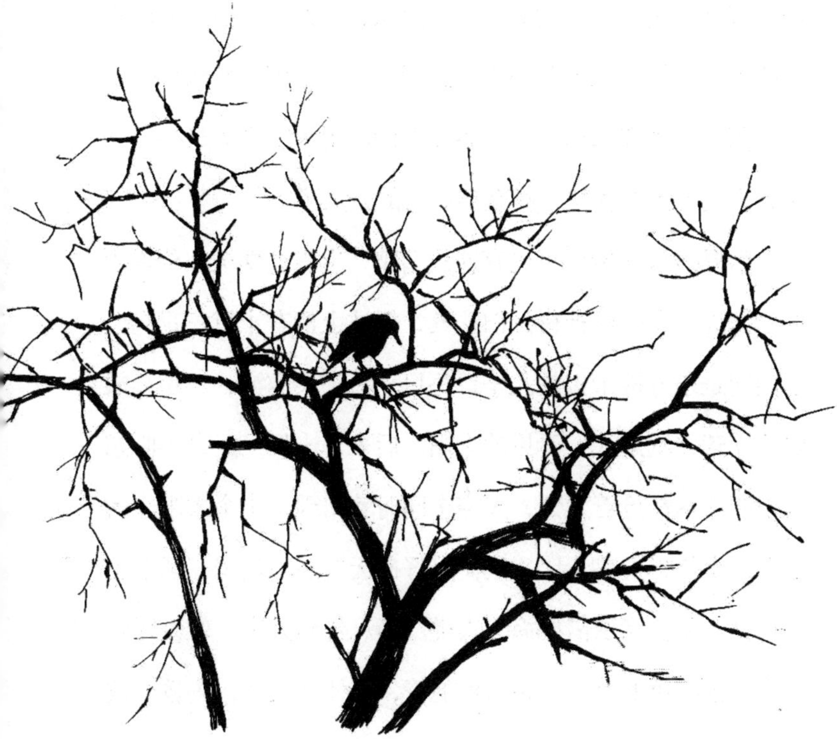

其实它叫什么并不重要,我无法想象的是一棵什么样的树能长到三百里高,更无法想象的是竟有一只三足乌背负着太阳会在一棵树上落脚。

不过,你可以想象这样一个情景,早晨或傍晚,假如太阳正好从那高大树冠的另一侧照过来,正好有一只乌鸦落在那树上,正好落在太阳中央。远远望过去,那乌鸦仿佛背负着太阳刚刚落在那树上,乌鸦黑色的羽毛因之金光透亮。于是,人们看到的就是一幅金乌载日的景象了。

后羿射日的传说里也有这只乌鸦,也有这棵树。传说中的东海边,有一棵神树,曰扶桑,树枝上栖有十只三足乌。它们同是东方神帝俊的儿子,每日轮流上天遨游,三足乌放射的光芒,就是人们看见的太阳。后来,十只三足乌不听东方神的指示都抢着上天,天空中同时就出现了十个太阳,大地草枯土焦,炎热无比。人们只好白天躲在山洞里,黑夜出来觅食,猛兽毒虫借机祸害人类。消息传到天上,帝俊赐给后羿一张红色的弓、一袋白色的箭,令他到人间,去教训教训他这些不听话的儿子。可这些三足乌根本不把后羿放在眼里,照样一起上天逞威。后羿大怒,拉弓搭箭,射向三足乌。箭无虚发,一连射下九只。三足乌一死,火光自灭,人们顿感清凉爽快，于是欢呼雀跃。呼喊声传到天上，帝俊得知九个儿子已死，大发雷霆，不准后羿再回天庭。遂令仅存的这只三足乌日日遨游，不得歇息。被后羿射下的这九只金乌，转生为龙子。

一只乌鸦背负着太阳，这在今天看来，简直是不可思议的事情。虽然现在，火箭搭载的宇宙飞船已经能抵达月球表面，而且正驶向更遥远的太空，但是它基本还在地球附近，还在太阳系的边缘。而在远古，一只三足乌却已经穿越了整个太阳系，至少在想象中它已经穿越了。所以，我们把乌鸦作为太阳神来崇拜，它用自己黑暗的飞翔给我们带来了光明。它的身体、羽毛、形象都是黑暗的，那是光明的对立面，却能播撒光明。这才是问题的关键。黑暗与光明、阴与阳、生与死，崇尚黑色的民族一般也崇拜火光，这是古代中国哲学的简单构想，它所传递的深邃思想却能穿越久远的时空。也许乌鸦曾被赋予背负如此荣光的使命，成为从黑暗飞向光明的使者。

这话似乎扯远了。我原本要写的只是故乡田野上的那些乌鸦，只是乌鸦的秋天。我为什么选择一个秋天来写乌鸦呢？因为，我只在秋天看到过一群一群的乌鸦，冬天偶尔也会看到，但远没有秋天那么密集。也不知道它们是从什么地方飞来的，我只记得一到秋天，一收完庄稼，那些乌鸦就会如期而至。它们落在田埂上，也落在树上。落下来之后，它们很少鸣叫，它们喜欢在飞翔中发出"呱——呱"的鸣叫声，好像那叫声与它们所看到的事物有关。不仅在我老家一带，几乎全中国人都不喜欢听到乌鸦的叫声，觉得那不吉利，差不多都被视作报丧的声音。以前，在我老家，老人们要是突然听到乌鸦的叫声，会往地上吐三口唾沫，以避晦气。后来，虽然乌鸦还在鸣叫，但往地上吐唾沫的人少了，好像他们不在乎它的鸣叫。

再后来，因为附近建了一座亚洲最大的变电所，一座座高压铁塔立于故乡山野，一条条输电线路从山野之上飞架而过。每到秋天，乌鸦飞来时，总喜欢落在那铁塔和电线上。一次从一座铁塔身边过，上面竟落满乌鸦，远远看过去，像是那铁塔上长出的黑色果实，顿觉毛骨悚然。有时，它们还在铁塔上筑巢，因为高压线路会定期维护的缘故，筑在铁塔上的鸟巢不会存在很长时间，但是过几天又有乌鸦在那里筑了新巢。看来，乌鸦不像喜鹊，对自己住在什么地方并不是很挑剔，对筑巢的选址也很随意。它们为什么喜欢在铁塔上筑巢？我觉得那是因为铁塔也像树一样高大，但比树木更加牢固，而且还没有树叶。它们似乎并不喜欢树叶，很少看到有一群乌鸦会落在一棵枝叶茂盛的树上。它们喜欢秋天，也喜欢秋天的树木，因为秋天树叶会凋零，尤其是那些高大的树木，枝叶落尽，光秃秃的只剩下了树干、树杈，这是它们喜欢的景色。由此我猜想，乌鸦跟老鼠一样，胆小，喜欢栖居于视野开阔的地方，但凡眼前有所遮挡，便感觉不安全。它们习惯于一览无余，不受任何干扰，这样它们才能静静地凝视和聆听，才能对这个世界上将要发生的事情做出准确的预测，并告知天下。

而秋天正是这样一个季节，一年的辛劳已经结束，收获已经完成，花朵败落，叶片凋零，繁华落尽，万物萧条，岁月趋于寂静。寒冷的冬天即将来临，世界趋于冷静。这是一个适于书写和叙事的季节，也是一个启示预言和诗意的季节。

也许是因为民俗文化心理的影响，在我眼里，乌鸦是鸟类的巫师和祭司，也是先知和使者，它身着一袭黑袍，专司预言和埋葬。也许它还是一位书写秋天的诗人，像杜甫和马致远。杜甫写秋天的肃杀和凋零，所以他看到的是"无边落木萧萧下，不尽长江滚滚来"。马致远写秋天的悲凉与惆怅，所以他写《天净沙》："枯藤老树昏鸦，小桥流水人家，古道西风瘦马。夕阳西下，断肠人在天涯。"但有一点是共同的，他们所写，都是秋天，那是诗人的秋天，当然，也是乌鸦的秋天。所不同的是，读懂杜甫和马致远的秋天并不难，而要读懂乌鸦的秋天却很难。

无数次，在一个秋天听到乌鸦的鸣叫，从未听出它每次的叫声有什么区别，或者暗含什么样的玄机。但是，我感觉它们还是有区别的，也一定藏有某种秘密。至于其区别究竟在哪里，或者其秘密是什么，尚不得而知，除非乌鸦会告诉我们——但假如它真告诉我们，我们一定会明白吗？也未必。不过，我们有必要记住的是，乌鸦不止会发出令人厌恶甚至痛恨的鸣叫声，它还会飞翔。也许，它用难听的声音诉说着我们不敢正视的真相，却以黑暗的飞翔承载光明。我们只记住了黑暗，却忘记了光明，其实，就像光明的另一面是黑暗一样，黑暗的另一面就是光明，向来如此，从未改变过。

瞎老鼠的生存之道

在整个动物界，瞎老鼠是我所见过的唯一有眼睛却几乎什么也看不见的动物了。至少到地面上活动时，它是什么都看不见的，因而，它必须小心地摸索前行，才不至于误入歧途，陷入绝境。我想，这一定是瞎老鼠一名的来由。

它的世界在地下。在地下，即使不用眼睛，它应该也能分辨方向，感知一切。因为长年生活在地下，视力严重退化，眼睛就变成了两个黑洞，我从未在那眼睛里看到过一丝光亮。人们喜欢用"明亮"一词来形容眼睛，而对瞎老鼠来说，恰恰相反。所以，瞎老鼠一旦不小心走到地面上，就会寸步难行。

瞎老鼠还有一个更响亮的名字，中华鼢鼠，因为形态上的细微变异，在不同地区，它又有了地域性的称呼，比如它在东北叫东北鼢鼠，在青藏高原又称为高原鼢鼠，但它们都是鼢鼠，区别主要在毛色和前肢的长短和粗壮程度。这就像是我们把东北同胞叫东北人，把西北同胞叫西北人一样，但我们都知道，他们都是中国人——当然在人类世界，还因为有方言的缘故，同样是中国人，还可以细分为广东人、福建人、四川人等。因为人类并不通晓其他动物语言和方言的缘故，只好从外部体型特征上来做简单的区分了。

作为一种动物，在动物学上一般都会这样描述：中华鼢鼠（拉丁文学名 Myospalax fontaneri），别称瞎老鼠、地老鼠、原鼢鼠等，藏语称"塞隆"。属脊索动物门，脊椎动物亚门，哺乳类，啮齿目，仓鼠科，鼢鼠亚科，鼢鼠属。头宽扁，鼻端平钝，背部带有锈红色，毛灰褐色。前肢长且粗壮，门牙壮硕锋利。中华鼢鼠终年生活在地下，不冬眠，昼夜活动，以植物地下茎和块根等为食，喜栖于土层深厚、土质松软的荒山缓坡、阶地及乔木林下灌丛，一年繁殖1—2次，每胎1—5只，分布于中国、俄罗斯、蒙古等地。非保护动物。依据这样的文字描述,瞎老鼠几乎可以被看作是中华鼢鼠在江湖上的一个名号。

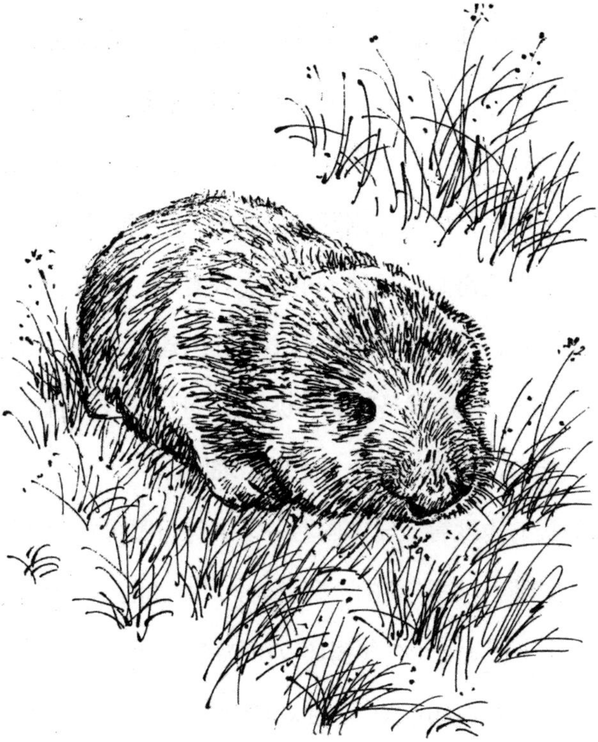

因为从小生活在农村、乡村田野又有大量瞎老鼠的缘故，虽然，我从未有意观察，但是耳濡目染，对其生活习性和生存之道也有一些粗浅的了解和认识。无论身处何地，瞅一眼，我就能知道那个地方有没有瞎老鼠。如果再从一片荒野走过，用双脚踩一下土地，判断就更确凿无疑了。只要地面上鼓起了一座座小土丘，小土丘上的泥土又格外疏松，那里就一定有瞎老鼠。只要你一只脚踩在那小土丘上，那小土丘一定会即刻塌陷。这时，如果你刨开塌陷的松土，就会看到一个敞开的洞口，那就是瞎老鼠的洞道。在我看来，它们之所以拱起那些小土丘，一是为了处理洞道里面的建筑垃圾；二是为了觅食；另一个用途就是防御和逃生，一旦在洞道内有危险，它们向上一拱，就能从那土丘上钻出地面。

从兵法的角度看，任何固若金汤的建筑都可能存在薄弱环节，从而留下无法避免的一个破绽。对瞎老鼠的洞道系统来说，这个小土丘就是一个薄弱环节和破绽——也许它们从未想到，有一天人类会利用这个破绽对它们大开杀戒。人类为了守护自己的食物或林木不被瞎老鼠洗劫，发明了一个特制的弓箭，就放置在那土丘上。人类小心地在土丘上挖出了一道凹槽，正好将弓背埋进土丘里面，而后用一块石头固定好，拉开弓弦，放好箭杆，箭头对准了洞道，在弓背与箭杆的衔接处设置了一个小机关，用来固定箭杆，只要瞎老鼠从洞道经过，就会触动机关，箭被触发，箭头就会射穿瞎老鼠的咽喉，一箭毙命。只要看到哪个土丘上的箭已经射出，而弓还立着，不用查验，就知道一只瞎老鼠已经命丧地下。而如果箭已射出，弓也倒在地上，则说明一只瞎老鼠再次成功逃过一劫。

一窝瞎老鼠，一般都会建造一个纵横交错的立体洞道系统，一般来说，都分为上中下三层，顶层为觅食通道，中层为运输通道，底层为老窝、仓库、厕所或卫生间。老窝的居室宽绰配套，冬暖夏凉。居所一侧是仓库，一窝瞎老鼠至少会建有一处以上的仓库，大多会有两个仓库。另一侧是厕所或卫生间，至少会有一处，也有两处和三处卫生间的——一户三卫的，想来应该会是一座鼠类的豪宅。仓库的空间也很大，大一些的瞎老鼠粮仓如果堆满了食物，至少会装满一大框，有的甚至会装满几大框。所以，以前遇到饥荒的年代时，吃不上饭却有心计的人就会去掏瞎老鼠的老窝，抢它的粮仓，每每都有收获。

而瞎老鼠的洞道布局却大有玄机，各层洞道都不会直来直去，而是曲里拐弯，里面有太多的拐弯和死胡同。假如一个人进到里面，一定就像是进入迷宫一般，想找到瞎老鼠的老窝将会是一件非常困难的事。走着走着，你便会进入一个死胡同，找不到去路，也找不到出口。这并不是一个简单的老鼠洞，在我看来，它是一个精心设计的建筑工程，它甚至考虑到了建筑力学的因素。看上去，三层洞道似乎交叉重叠，但实际上，每一段洞道与上下洞道之间都会或左或右向另一条洞道的两侧错开一定的距离，再加上弯道，从不会出现直接重叠。如此，三层洞道之间即便只有几十厘米的厚度，但也从不会出现因承重和相互挤压而导致的垮塌。由此，如果称瞎老鼠为动物界最杰出的建筑师，一点也不会过分。

在这个复杂的建筑系统中，觅食通道通常与地面平行，深度约30厘米，这样的设计主要是觅食方便，土豆等植物的块根就在土层的这个地方。再往下30厘米左右才是中层洞道，而底层老窝距离地面的深度一般都在一米以上。用于交通运输的中层洞道，一般都会有稍稍向下的斜度，这样将食物运送到粮仓的时候，就会轻松省力，尤其是土豆等球状食物，只要轻轻一推，它就会自己向前滚动。顶层觅食洞道与中层运输洞道之间每隔一段距离都会有一个坡道相连接，以便所收获的食物可以就近搬运至粮仓，而不必大费周折。

因为生活在地下的缘故，一生一世，瞎老鼠都在忙着经营它的世界，那是它的生存之道。营建老窝以及粮仓和卫生间、修筑交通洞道网络、运输储存食物、疾病防控、处理紧急防御事务等，时刻都不得消停。瞎老鼠打洞的本领高强，一只瞎老鼠每分钟可挖通长达一米的洞道，其掘进速度之快，即使现代人类高超的专业掘进技术也会相形见绌。它们用粗壮的前肢前爪刨土，如遇到植物根茎的阻挡，就用壮硕锋利的门牙将其咬断。一窝瞎老鼠活动的洞道总长度一般都会超过300米，如果围成一圈，这基本上是一个足球场的面积。如果这是一个庭院，那么，它比绝大多数中国农村的庭院都要大很多。一只瞎老鼠的家比一户人家还要大，听上去令人尴尬，也匪夷所思，但事实的确如此。

有朋友曾主持林地灭鼠项目，专司捕鼠事宜，所捕之鼠皆为瞎老鼠也。故整日里与瞎老鼠打交道，对其习性以及生存之道的了解可谓深广。有几日，曾相伴去林地，每到一处，他必言瞎老鼠，体态形貌、喜好行为无一遗漏，闻之，令人惊叹。据他讲述，瞎老鼠有极强的种群保护意识，虽然眼睛看不见，但仍能从体内散发的气味儿准确分辨其危害程度，并实施防控，不让事态扩大蔓延。一旦发现有同类误食毒药，它就会有一种臭味，如果已经无力回天，它们便会拦截于洞道之内，封堵洞道两头，进行强制隔离，让其自生自灭。如发现有同类染上病毒或其他传染病，也会有异味，可能危及种群，它们也会果断行事，将它拱出地面，使其再也回不到同类身边，以保障同类安全。所以，在地面上看到的瞎老鼠大多是不健康的，都很可能是被同类从地下世界驱逐，流放到地面上的。如果它回不到地下，便很难存活，其毛色、体态和精神状态都已出现严重病变的迹象。

朋友还见到过纯白的瞎老鼠，他判断那并非种群变异，而很可能是一种病变，类似于人类身上的白癜风，因为它并不会传染，同类也装作视而不见，或者见了，顶多也是同情或厌恶，却并不有意回避，更不会将其隔离。它们允许它的存在，只是迫不得已，因为除了那一身洁白的皮毛，它们并未看出能招致祸害的危险。但洁白的皮毛毕竟不是它们愿意接受和喜欢的毛色，从情感上讲，它们只接受一种颜色——灰褐色，这是天下鼢鼠或瞎老鼠唯一认同的肤色。就像黄皮肤黑头发之于中国人一样，这也成了它们的国民意识。

人类对于鼠类一直持有一种痛恨的心态，所以，老鼠过街人人喊打。对鼢鼠或仓鼠或瞎老鼠也一样，甚至更加深恶痛绝。因为，除了祸害庄稼和林木，更让人厌恶的是它丑陋的形象。在我所见过的鼠类中，瞎老鼠是最为丑陋的一种，尤其是那一双眼睛，其实就是两个不见天日的黑洞。当然，这也许只是人类的偏见，在瞎老鼠的世界里，它们一定有自己的审美标准，说不定那两个黑洞就是至美的象征。如是，在它们眼里，人类是否也是一种丑陋的生物，甚至是最丑陋的物种呢？对此，我不敢妄断。

但可以肯定的一点是，相比人类对鼠类的痛恨，它们对人类的痛恨一定是有过之而无不及。因为人类一直想灭了它们，而它们即使也有这样的信念和理想，也绝不会灭了人类。但是，人类就能灭得了它们吗？从以往的经验和现在的情形看，很难。人类从未放弃过想灭掉它们的努力，而且坚持不懈，可是直到现在，它们还在那里。从种群数量上看，它们不但没有减少，而且似乎更加繁盛。由此不难看出，它们一定有过人之处，至少它们有自己的生存之道，可保它们进退有序、消长有度，进而繁衍生息。

毕竟，作为啮齿类大家族的成员，它们在地球上的生存时间已经超过了7000万年，而人类的出现却是很久以后的事了。对地球生物圈的很多秘密，它们也许比人类知道得更多，也更懂得如何破解。假如有一天，人类也破解了这些秘密，也许就会找到一个能与其他物种相互依存的办法，而非只有你死我活这一条路。

因为，鹿死谁手永远都不会只有一种结果。无论对鼠类还是对人类，你死我活，都是一件很危险的事。

藏羚羊之谜

我曾久久地凝望一只藏羚羊，它在孤独地往前行走，步履缓慢而且沉重，好像它自己都不知道它要走向哪里。我一直有一个感觉，藏羚羊就像草原上的游牧民族，所有的藏羚羊都是一个原始部落的成员，它们的转场就像牧人部落的迁徙。它们都一群群分散在莽原大野之上，逐水草而不断漂泊，每一群藏羚羊似乎都有自己固定的牧场，年复一年，它们都在自己熟悉的路上。只有在夏季来临时，它们才从四面八方又赶往可可西里腹地的太阳湖边去产羔，那是一个雷打不动的选择，千百年不会改变。

太阳湖，一个多么美丽的名字。那是一片怎样动人心魄的湖水，以至让人用太阳的名字为它命名。我在第一次听到这个名字时，就做过这样的想象：那可以是一个秋天，可以是一个临近傍晚的时刻，当那个有幸第一个走近这片浩渺的人，终于站在那湖边的草地上，凝神静气，望向那一片梦中的蔚蓝时，他惊呆了，他甚至忘怀了自己正站在一片水草地上，他跪伏在地，久久不敢抬眼望去，任凭泪水湿透了衣衫。他跪在那里，失声痛哭时，他甚至怀疑刚刚眼见的一切是幻景，一派横无际涯的碧波荡漾里，荡漾着的是无边的夕阳和夕阳金色沉静的光芒。那也可以是一个冬日的早晨，太阳刚刚升起来，就将厚重的光芒泻落在那一派凝冻的清风涟漪之上。而在湖滨的草地上，一群群成千上万的藏羚羊正在早晨的阳光下伸着懒腰……就在这时，那个人失声喊出了太阳湖的名字。我想，他肯定是受了太阳湖以及藏羚羊神灵共同的启示。

那时候的太阳湖边一片宁静。那宁静延续了千年万年。而藏羚羊轻盈的脚步就由远而近了，由远而近时，你的梦想就在比岁月更加久远的地方飘落。那时，天际里的云彩就像是太阳湖夏天的诗行。

这是藏羚羊的生存密码，一个有关生命的秘密。对这个秘密，迄今为止，我们依然所知甚少。藏羚羊是青藏高原特有的精灵，其栖息地覆盖了包括可可西里、羌塘、阿尔金山在内的广袤大地，其总面积可能比一个青海省的面积还要大。除了一个季节，每年的大部分时间，它们一群群都分散栖息在如此辽阔的高原大地上，生存区域东西相跨1600公里。据我的观察分析，它们就像是一个个土著游牧部落，每一个部落都有自己专属的牧场和相对固定的家园，无论怎么迁徙，最终它们还会回到曾经的草原，继续亿万年苦苦坚守下来的那一种生活。

可是，有一个季节不是这样。这是一个迁徙的季节。

到了这个季节，它们像是听到了一种召唤，会从高原的四面八方向一个地方迁徙和集结，而后又从那里原路返回。这是地球上最为恢宏的三种有蹄类动物的大迁徙之一，场面壮观，气势恢弘——另两大有蹄类动物是非洲角马和北极驯鹿。藏羚羊大迁徙的集结地就是卓乃湖、可可西里湖和太阳湖一带。这是一次迎接新生命的迁徙之旅，它们之所以历经艰辛赶往这里，就是要在这里产下自己的孩子，所以，有人把这个地方称为藏羚羊的天然大"产房"，当然，你也可以

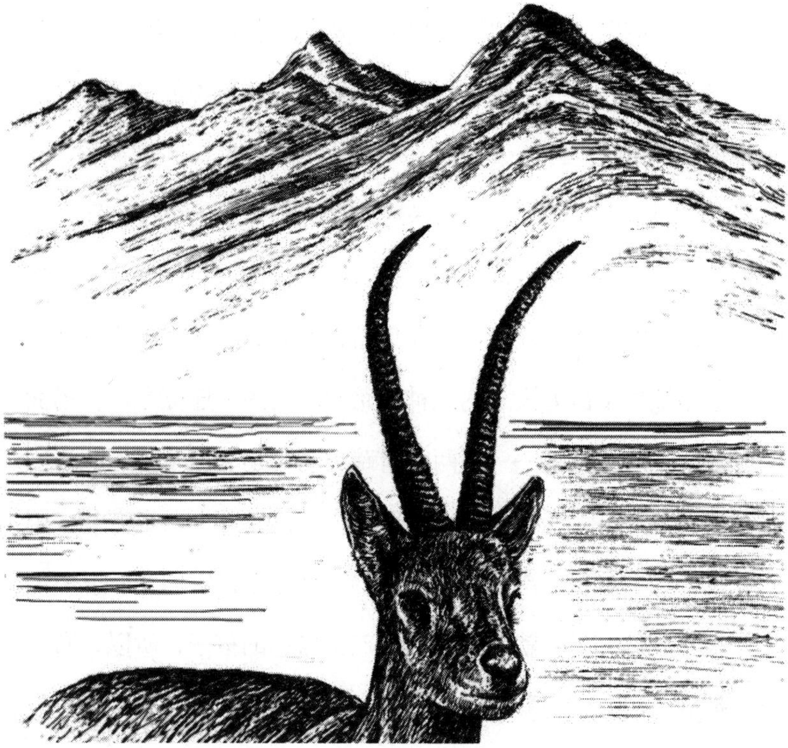

说这是藏羚羊的摇篮。

它们在每年的 11 月至 12 月完成交配,来年 4 月底,藏羚公母羊开始分群而居,尔后,当高原的夏天来临时,大迁徙开始了,包括雌羔在内的所有母羊都会向着那个地方集体迁徙。大约一个月之后抵达目的地。而后稍事休息,一调整好身体状态,便会在那里产下新的生命,数万藏羚羊一起产羔。尔后精心哺育,过不了几天,小羊羔就能活蹦乱跳了。回迁之旅又要开始,又是一次漫长的生命跋涉。这种生命之旅,每年重复一次,一代代藏羚羊都不会忘记迁徙的季节和路线。如此循环往复,从未改变。即使 20 世纪末,藏羚羊由此引来灭绝性的灾难时,一到那个季节,它们依然会踏上那条迁徙之路。

藏羚羊为何不在原栖息地产羔,而非要冒着生命危险经过长途跋涉,集结到那个固定的地方去共同迎接新生命的降临呢?如果那是命中注定的选择,那么,又是谁确定了这样一个方向,划定了这样一片土地范围,专门用来迎接新的生命?如果那是它们自己的选择,那么,它们又是靠什么来取得联系,以至在某个特定的日子,数十万乃至上百万之众的生灵从不同的方向同时启程,向着一个共同的地点集结?

那个地方有什么特别之处吗？是什么吸引着它们、召唤着它们？百思不得其解。

一次次走向那片荒原，去寻访藏羚羊时，我与很多人讨论过这个话题，也曾设想过无数的可能，但一直没有找到一个理想的答案。依照常理，一个临产的母亲不适于远距离跋涉，应该就近找个适宜的地方准备分娩才对，可藏羚羊不是。临产前，它们都会踏上这样一条迁徙之路，千古不变。

唯一合乎情理的解释是，这迁徙也许与种群的繁衍有关。如果分散在如此广袤的大地上产羔，小生命很容易受到其他猛兽的攻击而难以成活。如果成千上万的藏羚羊在一个地方产羔，即使有天敌攻击，也不至于造成灭顶之灾，其中的大部分小生命依然可以躲过一劫。从临产地多年的观察结果看，那个季节，并未发现其他动物也向那个方向集结的迹象。虽然，也总会看到狼、棕熊、狐狸甚至雪豹等猛兽的踪迹，也会看到鹰鹫类猛禽，但那当属于正常现象，而非有意集结。如此则真可以大大降低新生命出生时面临的诸多死亡风险，从而保障种群的安全。

可是，这里面涉及一系列问题。譬如，一年一度，如此大规模的迁徙怎么能瞒得过其他生灵？那并不是一个隐蔽的行动，而是声势浩大，像是有意要惊动一切的样子。其他生灵又怎么会毫无觉察呢？如果这是某一年的一个临时的决定，每一年的集结地都不一样，还好理解，而如果每一年都是如此，其天敌类猛兽也不难发现这个秘密，那岂不是会招致更大的危险，蒙受更大的灾难吗？

也许，其中的秘密隐藏在它迁徙的路径里面，迁徙之前，它们散落在高原荒野之上，开始迁徙时——甚至在整个迁徙途中，它们都像是三三两两随处走动的样子，步履中没有显出丝毫匆忙的样子，一天天，只是缓慢地移动，日出日落，它们每天的生活与往常并没有太大的变化。还因为其迁徙距离的不同，开始迁徙的日子也各不相同，它们只在意抵达的日期，所以，看上去，藏羚羊种群的迁徙之旅乱象丛生，扑朔迷离。而且，整个种群移动的方向也是不一样的，那是由它们栖息地的所在方向决定的。如果它们栖息于羌塘以西，那么，它们就会往东；如果它们在南部草原，则会往北；如果原本在阿尔金山腹地，则需要南下……启程于不同的方向，又向着不同的方向缓缓移动，再将这种大迁徙置于无比辽阔且山河纵横的高原大地上，谁都无法窥探并知晓其迁徙的秘密。

如果你仔细留意，这个季节，它们只会朝一个方向移动，那方向在它们的心里，每一只藏羚羊都心领神会。在这个季节，假如你从高空长时间注视青藏高原的这一片土地，你就会看到一个奇观，所有的藏羚羊实际上都是朝着一个方向在移动，最终都会汇集到那个神秘的地方，好像每一个步子都经过了精确的推算。于是，无论它们从何时何地开始迁徙，但抵达的日期都惊人地一致。抵达之后，新生命降临，生命欢乐的盛宴开始，一代又一代生灵的繁衍继续。

我留意看过马塞马拉和塞伦盖提大草原上非洲角马大迁徙的纪录片，整个迁徙途中，几乎都伴随着非洲狮子和鳄鱼的影子。而藏羚羊却似乎骗过了所有天敌的眼睛，但是，很显然，它们忽视了人类的眼睛。20世纪末期，藏羚羊之所以招致大批量盗猎屠杀，某种程度上就是这次大迁徙导致的灾祸，盗猎者循着藏羚羊迁徙的路线一路跟踪而来，整个藏羚羊种群几近灭绝。在未来，如果我们书写这一段历史，也许会把藏羚羊所遭受的这次大劫难列为世纪性的生态灾难。

当然，随后中国政府在这片土地上组织开展了一系列世界性的反盗猎行动，规模空前，成效显著。而今，枪声终于已经消散，盗猎者也已远去。要不，现在的世界上恐怕已经没有藏羚羊了。幸好它们还在，而且，种群也在渐渐恢复。

一年一度的藏羚羊大迁徙还在继续，迁徙的路径也并未因此而发生丝毫的改变。

  不知道，当初是谁为藏羚羊精心设计了这样一条网状的迁徙路线图，但它也许真的存在——当然，也许，这只是我的一个猜想。除非你我也能变成一只藏羚羊，跟随它们一起迁徙和漂泊，否则，我们永远无法知晓真相。即使我们试图去破解其秘密，那也是一种猜想，而非真相。从某种意义上说，万物皆有这等秘密，我们尽可以猜想，却未必能破解。也许万物本身也并不希望破解这些秘密，因为它从未说过，一直在等待我们的破解。

驴·马·骡

　　山冈上站着一头驴。它望着远方的天空，那里有一朵云。可能是受了那朵云彩的启示，它甩了一下尾巴，而后昂起头伸长脖子叫了起来，声音悲怆嘹亮，有金属的质地，像是在呼唤那一朵云。这是记忆中的事。

　　幼时，在课堂上学《黔之驴》，因没去过黔之地，不知道那个地方什么样，就像黔之虎不知驴为何物。想象中，黔之虎见到的驴应该还是驴的样子，与别的驴没有分别，就像我在山冈上见到的那样。几十年之后，再读《黔之驴》，竟读出一些新意来，觉得古人比我们有智慧，他们早就发现了生命存在的奥秘。如果黔之驴得以活命并繁衍，并非必然，而是偶然。而黔之虎终究会发现这个秘密，这才是必然。这种必然和偶然构成了生命万物的秩序。不仅黔之驴，天下的驴和骡马、牛羊，乃至其他生灵亦复如是。

驴是一种富有感性色彩的圆蹄类动物，如果它能每天都吃饱肚子，也不用过度劳累，还能有一点空闲时间想想心事，它还会是一种充满幻想，也满怀激情的动物——总之，我是这样想的。我感觉，塞万提斯和刘亮程也有这样的想法，说不定奇人阿凡提和神仙张果老也会这样想。

我读过刘亮程写驴的文字，感觉他笔下的驴充满情欲，然后是由此引发的冷峻与黑色幽默。我得承认，他是第一个把驴写得像一头驴的作家，至少在中国作家中再没有第二个。某种程度上，他写的驴比张承志写的黑骏马更像生灵——张承志的黑骏马已接近一种图腾，是一种精灵，而非牲口。而刘亮程的驴就是一头牲口，读他的文字你甚至能嗅到驴粪的味道。在整个文学史上或许只有一头驴堪比刘亮程的驴，那就是塞万提斯的驴——你当然不会忘记，这头驴就是那个伟大的骑士堂吉诃德的坐骑。即便如此，那也只是驴的一个侧面，而非全部，驴还有很多侧面。

也有人把塞万提斯的那头驴说成马或者骡子,比如堂吉诃德从来不说自己骑着一头毛驴,而一定说是一匹骏马——一个骑士怎么可以骑一头毛驴纵横驰骋呢?桑丘有时候也会把那头驴说成是骡子。我以为,这多半是因为人们在将西班牙语转换成别的语言时造成的讹传,堂吉诃德只有骑着一头毛驴才会成为堂吉诃德。他不能骑骡子,更不能骑一匹真正的骏马——那样这个旷古绝伦的文学形象将会失去大半的光彩。

驴、骡子和马当属近亲,在人的世界里,也把它们归为一类,驮牲口,都是可替人类驮载和运输重物的牲口,且都是圆蹄类。可能正是这个缘故,人类有意识地让驴和马互相交配,生出了一种非驴非马的物种——骡子,它兼具马的健壮体格和驴的耐力,而自己却没有生育能力,它只有一个用处,役使。因为驴和马还肩负繁衍子嗣的重任,原本属于驴和马的大量苦活累活便转嫁给了它们共同的后代——骡子,它因而成为人类最可依赖的役使对象。而驴和马不仅能与同种交配生出新的驴和马,驴和马媾和还能生出骡子来,驴生的骡子叫驴骡,马生的骡子叫马骡。于是,驴和马又多了一个功能,创造骡子,创造的骡子越多,驴和马的担子也就越轻。

你如果仔细观察过一头驴在地上打滚的样子，某些时候，你也会生出想学着驴的样子打个滚的冲动来。说实话，小时候，我曾学过那样子，在土炕上，结果感觉舒服极了，至今想来，还能感觉到那种让满身细胞都受到一种彻底抚慰的畅快来。后来，我甚至觉得，人们应该创立一种驴打滚养生术，如把持得当，兼及太极阴阳，此术当可造福万代后世。

虽然，骡子和马也会打滚儿，有时候动静还挺大，但是，由于它们体形更庞大，打起滚儿来远没有驴那般轻巧娴熟，所以也总是半途而废，打不彻底，打不完整。在驴，那是一段精美的舞蹈，而于骡子和马则成了一种丑陋的扭捏。

在人类眼里，最适于骑乘的是马，因为马背更加宽阔沉稳；骡子则适于驮载重物，因为它比驴更有力气，比马更有耐力；而驴则只能肩负骡子和马不屑于为之的使命。于是，如果驴、骡子和马同时都在，无论派什么用场，人类都会首选马和骡子，最后才会选一头驴。对一头驴来说，这是它所希望的局面，这样它还可以腾出些时间来，多打几个滚儿，多一番享受。

我与驴、骡、马都有过亲密的接触，我骑过驴，也骑过骡子和马。驴子脊背如刀背，马鞍不适合，适合的鞍子又不

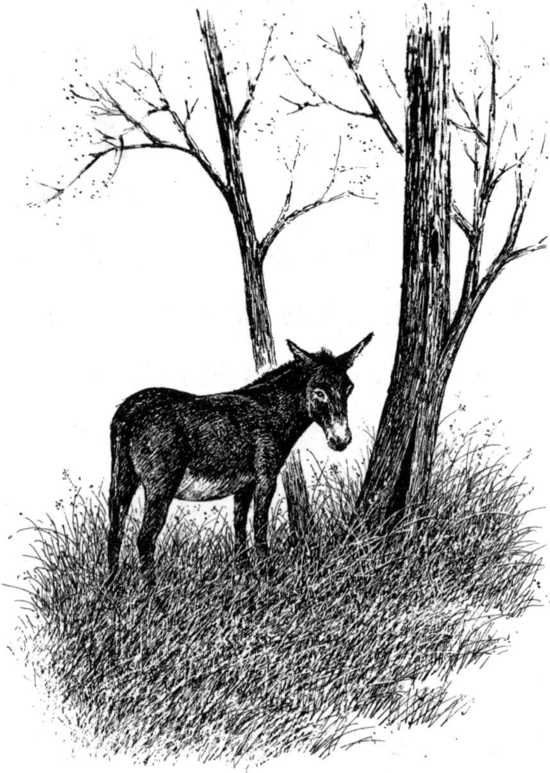

适于骑乘，无论怎么骑都不舒服，走不了多远，它就会将你的屁股磨烂。也许我不得要领，我或许应该像阿凡提和张果老那样倒着骑，让驴掌握方向，让驴前进，自己则以后退的方式抵达——那样去什么地方已经不重要了，重要的是终会抵达某个地方。比之驴，骑骡子则舒服多了，因为骡子和马都可用同一盘鞍子，骑骡子如同骑马，只是骡子有时候不专心走路，走着走着，总想在路边啃一口青草，如果你没有娴熟的驾驭能力，它也总会让你吃一些苦头的。最舒服的是马背，马背是摇篮，马背是歌谣，在马背上你既可以抵达远方，也可以进入梦乡。最远的一次跋涉，我曾在旷野骑马走了两天，才抵达远方一山谷。所以，我也更喜欢马，骡子次之，不得已才会选一头驴。

十几岁时，族内一个爷爷娶奶奶，依习俗，要让一个人去给新奶奶娘家送男方准备的份子礼，主要是早已蒸好的白面馒头，外加几瓶用红布包扎好的青稞酒和几包老茯茶。因为大人们都忙于娶亲和接待客人的大事，送份子礼这等小事只能派一个小伙子去。这次他们选中了我。因为马和骡子也负有更重要的使命，驮载馒头等份子礼的事只能让一头驴去完成了。那时候，驴已经不多了，族内只有一头又老又瘦的老驴，我就成了这头老驴的搭档。看上去，我是主角，它只是配合我完成族人交代的任务，但实际上，驴才是主角，我只是一个引路的人，我把这头驴引领到要去的那个地方，卸下礼品，喝口茶，再把回礼放到驴背上，牵着驴回来，即可。因为新奶奶的娘家很远，我牵着驴送完礼回来时，天已经黑了。中途要过一条河，那时河已经封冻，结了厚厚的冰。到了河边，那头老瘦驴弓着腰，四条腿都在发抖，颤颤巍巍地死活不肯从冰面上过。我只得强拉硬拽，结果，那驴蹄子一滑，就平平地趴在那冰面上了，无论我怎么努力，它都无法重新站立起来。最后，我只好拽着驴尾巴，让它在那冰河上滑动。好在冰面光溜，我把它拽到河对岸，才让它战战兢兢地站起来。如果是一头骡子或一匹马，就不会出现这种情况。

驴习性刁钻狡猾，它很会在你眼皮底下耍一些小聪明。如果你赶着一头驮载东西的驴走远路，你还得时时留意着这头驴，不能走神，尤其是在狭窄的山路上。它会想尽办法往狭窄的地方蹭，稍不留神，它就会将背上的东西撂下来，而后一溜烟，放下你跑了，让你顾首顾不了尾，进退两难。无论对人还是对其他牲畜，驴子总喜欢拗着来，很难协调一致。如果把一头驴跟一头牛驾在一起犁地，你就会发现，它不使劲儿往前拉，而是一直歪着脖子往一侧使劲，要不是身后有扶犁者不停地挥舞着皮鞭，它定会撂挑子。而一头骡子和一匹马却做不出这等事来，尤其是马，它即使累趴下了，背上的东西也不会掉下来——如果驮在马背上的是一个人，它更会尽心竭力，即使这个人神志不清了，甚至死了，马也一定会把他驮回家的。如果他从马背上坠落，马也会守在身边，寸步不离，直到有人找到他们。

　　与骡子和马相比，驴还好色，或者说，最初，驴的出现与色有关。相传，世上原本无驴，它被上天派到人间是为了降服一女色魔。那女魔头每天都要找一位俊男相陪，如欲望得不到满足，会立即处死那个男子，无数俊男为之丧命，无一幸免。一头驴子就带着特殊的使命来到了人间，它化身一美男子出现在女魔头门前……后来……后来，自然是驴子以它特有的能耐降服了女魔头。总之，从此世间有驴，天下太平。

　　村上有人养过一头叫驴，就是专门给驴和马配种的驴。他们家门前就是一条大路，驴拴在院门口，只要门开着，从门前经过的行人和各类牲口，它都尽收眼底。如果看到一匹母马或一头母驴从门前过，它就会亢奋，就会"嗯啊—嗯啊"地狂叫不已。不可思议的是，它对人类女性也有这种冲动。

而大多这样的时候，它身体也总会有本能的反应，会看到一些有时候人不想看到的东西。可驴不在乎人的好恶。一个夏天的中午，一家人正在屋檐下吃饭，一个衣着鲜艳的女人从他家门前过，被驴瞅见了，本性难移，一下亢奋起来，又是叫喊又是跳腾，身体某些部位的反应尤其夸张……一家男女老少恨不得找个地缝钻进去。可事后，又觉得新鲜，把这事当成趣闻讲给村里人听，说驴是灵物，通人性。

这样的事，在一匹马的身上不会发生，在一头骡子的身上更不会发生，因为骡子已经沦落为一种无性的动物，为了避免其狂躁难耐，凡雄性骡子，生出来不久便会对其施行阉割，使其失去本性。据说，骡子原本是有性的，且子嗣甚众。后来为什么丧失本性又无后？传说很多，说法不一，大多都有受到诅咒等说法，皆不可信。不过，驴、骡子和马虽是一类，却非一种，但是它们还能和睦相处，互为依存，在整个动物界也算得上是一个特例。仅有驴，不会有骡子，仅有马也不会有骡子，如果只有骡子，或许就不会有驴和马。从这个意义上说，它们是一个整体，驴中有骡，马中亦有骡，骡中有驴亦有马。这才是造化的奥妙。如果我们把驴、骡、马现象不断放大，由此推及万物，我们就会发现，其实，生灵万物莫不如是。

无论驴，还是骡子和马，都为家畜，家畜存在的意义在于它的实用价值。而任何事物的实用价值都有可能被更加实用便捷的东西所取代，驴子、骡子和马也不例外。随着现代交通运输工具的日益精巧发达，这个世界上，除个别偏远山地土著，已经没有人再用驴子、骡子和马匹驮载运输东西了。于是，突然之间，驴骡马一下子从我们的眼前消失不见了，尤其是驴和骡子——在某些地方，马匹之所以还存在，是因为要满足人类娱乐的需要，而非必不可少。

以前，我老家一带山区乡村，几乎家家都养驴、骡子和马，而今一头也没有了，成了稀罕物。以前养过这些牲口的人家，现在的孩子大多没见过它们，驴骡马的时代已经结束，它们正在成为新的传说。以前，驴的地位很低，一头驴顶多也就一只山羊的价钱，远远比不上骡子和马，现在反过来了。如今骡子和马只存在于老人们的回忆中，而驴子虽然也不见了，但驴子的市场还在。一次回家，听说一个偏僻村庄里有一头老驴还活着，八方买家趋之若鹜。一头老驴竟要价上万，一张驴皮的要价也超过两千——说是要做成美容养颜的阿胶。那也许是那一带乡野最后的一头驴子，之后，就没有驴子了。没有了驴子，就不会有骡子，马也危在旦夕，因为它很难独善其身。

如此想来，过不了多久，很多的家畜也都会成为濒危物种了。譬如黄牛以及黄牛和牦牛的杂种后代犏牛。犏牛类似

于牛中的骡子,所不同的是雌性犏牛尚可生育,与黄牛交配生黄牛,与牦牛交配生犏牛,但雄性犏牛也像骡子,不能造就自己的后代。它主要的功用是耕地,也是役使,现在也已基本消失。而如果它从我所栖居的这片土地上消失了,也就从全世界消失了,因为牦牛属这片土地特有的牲畜。类似的事,在众多的土种猪、土种羊、土种鸡等牲畜的身上也正在发生。仅20世纪以来,全世界有超过半数的家养动物已经灭绝。因为现代科技在配种、基因配型等环节的精准介入,很多原本由牲畜自己完成的事,都由人类代劳了。于是,工厂化大型养殖业过度繁荣,却导致普天下的猪牛羊越来越像是一个模子里倒出来的,外貌特征和毛色越来越统一,没有了差异化,也没有了血缘谱系标记。某种程度上,它干扰并打乱了牲畜自然繁衍进化的秩序,很多牲畜因此失去了自然的属性和本能。

其实,这也是一种衰退和灭绝。随之一同衰退的是人类的味觉、嗅觉和对大自然母体的感觉——那是维系人与自然关系的纽带,像人和动物的脐带。如果这是自然界一次人为因素造成的大败退,那么,驴、骡子和马一定是它们的先烈。

蛇之灵

冬天来临的时候，朝阳的山坡上突然出现了一些蛇皮，一开始，它们还是软软的，像是刚刚蜕下来的样子，很新鲜，乍一看，就是一条蛇。没过几天，经风吹日晒，蛇皮原本的光泽和颜色都没有了，干透了，皱巴巴的，像一个细长的塑料袋，风一吹，它们会晃晃悠悠地在山坡上飘荡。细看，它已干裂成网状物，只是曾经的鳞斑还在，感觉像是古时候的银丝软甲，因为主人已战死沙场，它只能流落荒野。而蛇并没有战死沙场，它只是脱掉衣服去休眠了，就像人在睡觉之前也要脱衣服一样。

幼时，第一次在山坡上见到此物，尽管生命气息全无，也知道它只是一层旧皮囊，但还是吓了一跳，感觉它还活着一样。后来，见得多了，也不再害怕，听说，蛇皮尚可入药，曰龙衣，驱寒湿，偶尔也会捡一两条回来，放着，可从未见有人用其配伍入药。

蛇是一种有鳞类爬行动物，青藏高原蛇类多穴栖冬眠。据说，蛇蜕皮的次数与生长速度有关，快速生长的蛇每两个月蜕一次皮。我想，青藏高原上的蛇大多应该生长缓慢，因为，我只在冬天来临的时候才见过蛇皮。那时，它们已经开始冬眠了。高原的冬天又是那么漫长，因而栖息于此的蛇类可能也是世界上冬眠时间最长的蛇了。

蛇对气候冷热变化十分敏感，它喜欢酷热的天气，也喜欢温热的阳光，却害怕阴雨天气，也怕冷。遇上连天阴雨，如果偶尔露出些阳光来，它们便会急急地钻出来晒晒太阳的，像是冻坏了的样子。记得，在我青海老家，每年农历五月初偶尔才能见到蛇，那也是天热的时候，平时它还是不敢出来，好像它还没有完全伸展开，身体还有些僵硬。而到立秋以后就已经很难见到它了，即使见到，也是木木的，行动困难反应迟缓，没有了往日的柔软与灵动，眼睛里都没了光芒。如此想来，它能风光的日子顶多也就四个来月。一年四季，大半年的时间里它一直在休眠，一觉要睡这么长时间，它一定做过无数的梦。

蛇在三伏天是最厉害的。在这个季节，一种长三四尺的黑花蛇可在草尖上飞，从草尖上飞过时，它吐着信子发出嘶嘶的叫声，却不见草叶弯曲和颤动。这是一种有毒的蛇，常有人或动物受到它的攻击。我听村里很多人说起，这种蛇能隔着老远杀死一头壮牛。因此，身小体弱的牛都会躲着蛇，不去招惹，即使有蛇主动挑衅，牛也会识趣地躲开，避其锋芒。只有那些年轻体壮，膘情又好，精力也旺盛的壮牛，有时才会犯糊涂，敢于挑战一条挡住去路的蛇。蛇牛遭遇时，都不会有身体的接触，它们隔着老远便拉开架势斗法比吸力，看上去都停在那里，不曾动弹过，却都会使出浑身的气力，吸收对方的精血。这样的对峙一般会持续很长时间，一个时辰之后，强弱之势渐渐显露，大多情况下，牛会提前败下阵来逃走。如果稍有迟疑和耽搁，再想逃走就难了。牛会因体力不支而先是四腿开始颤抖，随后鼻孔流血，最后气绝倒毙。当然，蛇也有犯糊涂的时候，遇到了一头力大无比的牛，还不自量力，想把它吞了，结果，几个回合下来，牛把蛇吸进

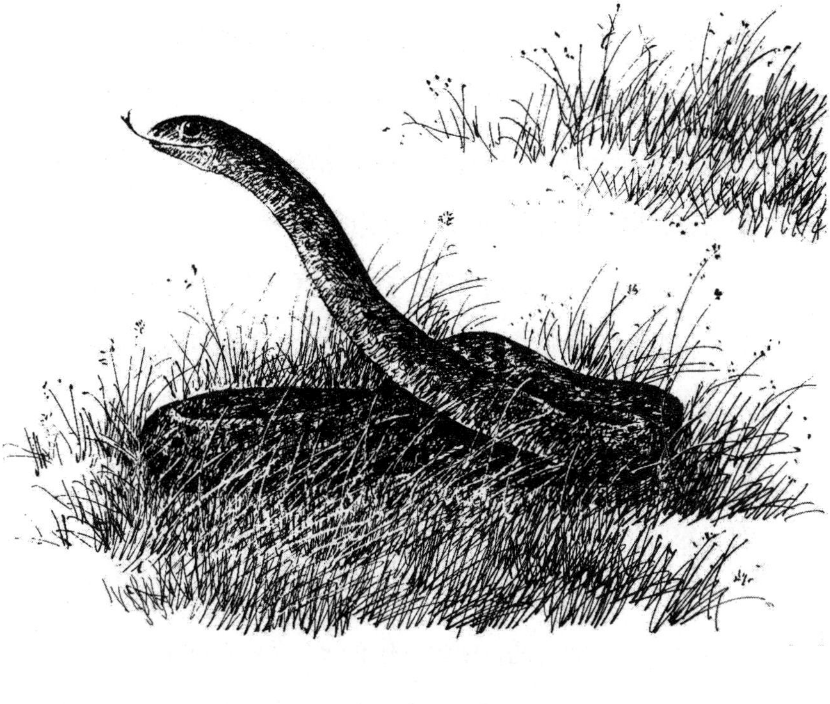

了自己的鼻孔，吞了下去。这等情景，我虽不曾亲历亲见，却深信不疑。

还有一种毒蛇，只有六七寸长，更厉害，能从一条山沟的一边凌空飞跃到另一边，像箭一样直直射出去，射出去时，它还会像陀螺一样旋转。它用这功夫常常逮住飞翔的鸟儿，一般都会活活吞下去。我老家一带，有六七种蛇，除以上两种，还有一种白花蛇，也有三四尺长，最长的有六七尺，无毒，常出入于农舍鸟窝。以前被视为祥瑞之物，容其自由出入，一般不予加害。再就是一种小花蛇了，长不过蚯蚓，略粗而已，雨后阳光下的山路上甚为多见。

有关蛇，我也听到过不少故事，有一些还不是故事，只是一种说法。譬如，说一个人走在路上，要是发现一条蛇在前面引路，是为大吉之象。而如果一条蛇迎面而来或者横穿而过，则为凶兆，须三思而后行。据说，一个人在山坡上睡着了，如果有一条蛇爬过来，从他一个鼻孔里钻进去，在体内转了一大圈，又从另一个鼻孔里钻出来，此人一定有大富大贵之命。民间传说，中国古代有一个皇帝在称帝之前曾在山上放过牛，一天他在山坡上睡着了，有人看到，一条蛇就从他的鼻孔里进出。之前，也有一个人也在那山坡上放牛时睡着了,一条蛇也爬过来,正要从他鼻孔里钻进去,他却醒了,看到一条蛇在眼前摇头晃脑,吓死了。说要是那天他没有突然醒来,让那条蛇也从他鼻孔里进出,那样他就会当皇帝。

还有一种说法更玄乎,说在某个特殊的时间,某个地方所有的蛇都会集结到一起开一次大会,商讨天下大事。那场面很大,无数条蛇盘踞在那里,不时发出嘶嘶吱吱的吵嚷声——那一定是在认识上出现了分歧,在激烈地争论。这种场面不是随便什么人都能遇上的,能在那样一个特殊的时间走到那个地方,见到那种场面的人一定也是受到了冥冥之中的某种启示。普通凡夫俗子即使遇到了这种场面,也会吓坏的。见到这种场面时,务必要镇定,不能惊慌。然后你要脱下贴身的衬衣,轻轻盖在群蛇身上,而后记住那个地方悄悄离去,第二天再回到那个地方。那时群蛇已经离去,衬衣还在,拿回衬衣之后,即可穿在身上。如是,即便不能"蟒袍加身",也会尽享"荣华富贵"。说有一个人上山砍柴遇到过这种场面,当时吓坏了,速速逃离,走很远了,才想起有这样一个传说,又急急赶回去,还早早脱下衬衣准备着,可是他赶到那里时,群蛇已经离去,大势已成定局,天下蛇会已经胜利闭幕。

在今天,你完全可以说这些都是无稽之谈,不可信。不过,古人也许不这样看,在他们眼里,蛇是一种灵异之物,很多时候,它能预知一切,并以它们的方式启示于万物。对此,你也可以说是无稽之谈,不可信。但是,什么才是可信的呢?蛇吞象原本也是个故事,现在成了成语,你信不信?故事情节你可以不信,但故事所隐含的寓意你信不信呢?那就是人心不足蛇吞象。《白蛇传》的故事情节更加离奇,而千百年之后它还在广为流传,那并不是因为人们相信它是真实的,而只是因为故事本身很美——这一点没人会怀疑。

所以,人们把这条蛇不叫蛇,而称之为白蛇娘娘。一条蛇被尊称为娘娘,这已是近乎神灵的称谓了,中国历史上把所有的女神都称为娘娘,譬如西王母和妈祖。而在人类文明史上,将蛇作为神来崇拜的族群也不在少数,最广为人知的当属玛雅人对蛇的崇拜,中美洲丛林旷野中的那些神庙里所供奉和膜拜的就是一条巨蟒,那是玛雅人的创世神,也是玛雅文明的灵魂象征。有文化人类学家称,中国古代的龙其实也是一条蛇。我们谁都没见过龙,但我们依然将它视为中华文明的一个精神象征,说明在心里,人们还是愿意接受这样一个事实。这就是文化。古代文明其实就是人类试图破解自然万物秘密的心路历程。一条蛇或一只鸟因而具有了人格化的神性力量，因而满怀虔心和敬畏，架构出世间万物最初的精神伦理秩序。这秩序符合自然万物的自在本性。

世间万事万物的存在，并不是信与不信那么简单的，信的未必存在，不信的也未必真不存在。从这个意义上说蛇是一种灵物也不为过，由于其紧贴地表或穴栖地层的缘故，至少对大地的感觉上，它要比人类灵敏。你看每次地震之前，人类尚毫无觉察，而蛇类即便是在休眠蛰伏的状态中也会蠢蠢欲动，甚至到处乱窜，它是想给其他生灵传递一个信号，而这个信号确切无误。这就像是狗和苍蝇的嗅觉是人类所无法比拟的，你能不承认吗？对万物怀有敬畏之心，对人类只有益处，没有坏处。

对蛇这种爬行动物，我说不上喜欢，甚至可以说十分地讨厌，因为它令我恐惧。

在我最害怕的动物中，蛇当排第一。虽然，我也害怕狮子、老虎和豹子，但我与它们从未离得很近过。我曾在很近的距离内看到过狼，它也没让我像一条蛇那样感到过害怕。很小的时候，我就已经见过蛇了。之后，所见过的蛇越来越多，但我内心对蛇的恐惧感从未减少过。冷静想想，大多情况下，我可以轻而易举地灭掉一条蛇，一条蛇则很难伤到我，我却依然害怕蛇。这说明，一条蛇在心理上至少比我强大，至少我的感觉是这样。何故？因为它在我心里投下的阴影。那阴影从何而来？当然来自我从小耳濡目染的文化记忆。而这记忆的实质就是一个民族的文化心理，其中蕴藏着对自然万物的基本心态——敬畏。

一次去砍柴，拉着一捆柴正往山下走，有一段路坡陡，须急速而下，步子迈得很快。眼看要踩到一坨牛粪了，急急收住脚步，定睛看时，那不是牛粪，而是一条盘着的黑蛇，腿一下就软了，额头上一下子渗出一层冷汗来。一次是去采药，看到一处悬崖上有几株川芎，长得旺盛，便费尽心思爬上去，伸手去采，手几乎已经够到草药了，这时突然感觉手背触到一种极为柔软冰凉的物体，下意识地缩回手看时，发现草药底下竟盘着一条黑蛇，害得我差点没从那悬崖上滚落下来。一起长大的孩子中有胆大的，经常会逮住一条蛇，紧紧攥着蛇脖子，像绳子一样甩来甩去，每次都看得我目瞪口呆，自己却从未试着去碰过一次，哪怕是轻轻地触碰也会令我惊恐莫名。

但是，这并不会让我对它产生憎恨。每次我与一条蛇的遭遇，都是我走进了它的领地。也许跟小时候的这些经历有关,长大后,我常常在梦里见到各种各样的蛇。有几次还在父母跟前提起,父母无语。一次跟一个喜欢解梦的人说起,他认真地说,蛇是小龙,你可能要生个儿子了。我说,我一个大男人怎么生?但我明白父母亲为什么无语了,他们也不相信自己的儿子会生出一个儿子来。

远方的野兔

没想到，我会在那个地方碰见那只灰色的野兔。

那个地方在巴颜喀拉北麓，是一条山谷。我去那个地方是去看一个叫冬格措那的湖。湖边有一个怪石嶙峋的山谷，山谷里面孤零零地耸立着一座山峰，孤绝险峻，但山顶极为平缓，远远看过去，很像一个高台。传说，这是格萨尔王妃珠姆煨桑的地方。到底是格萨尔王妃，一个煨桑台就是一整座山，心中的震撼因而铺天盖地。便在那山壁上久久盘桓，无意登顶，只是流连。

就在这时，我看见了那只兔子，一只硕大无比的灰色野兔。一开始，我离它还有一点距离，用一只400的镜头刚刚够到，还不是很清晰。一连按下十几次快门之后，我试着走近了一些，发现它要逃离，便跟它说，你不必惊慌，我只是想给你拍张照片，不会伤害你的。一边说，一边往它跟前凑。说来也奇怪，它像是听懂了我的话，不再惊慌，也不再逃离。它一动不动地停在那个地方，摆好了姿势让我尽情地拍照，不时地还将两只长耳朵变换着样子，偶尔也会侧一下脸，闪一下眼睛。最后，我离它的距离最远也不会超过五米，即使用一只小变焦镜头也能拍得非常清晰。也许我还可以离得更近些，但是我没有那样做，拍完照片，我给它说了声谢谢，又看了一会儿，就离开了。我离开时，它还停在那里，像是还要让我拍下去的样子。

已经不记得，这是我第几次在这么近的地方看到一只野兔，但这是最后的一次。之前，我曾在老家山野看到过很多野兔，我把它们称为老家的野兔。而这一只是属于远方的野兔，我在远方也看到过很多野兔。在老家看到过的野兔，都在我小时候的记忆里。虽然，它们依然清晰地留在记忆中，但回望那一片山野时，你才发现，自己已经有太久的时间没有在那山野间看到过任何一只兔子了，好像那是个非常遥远

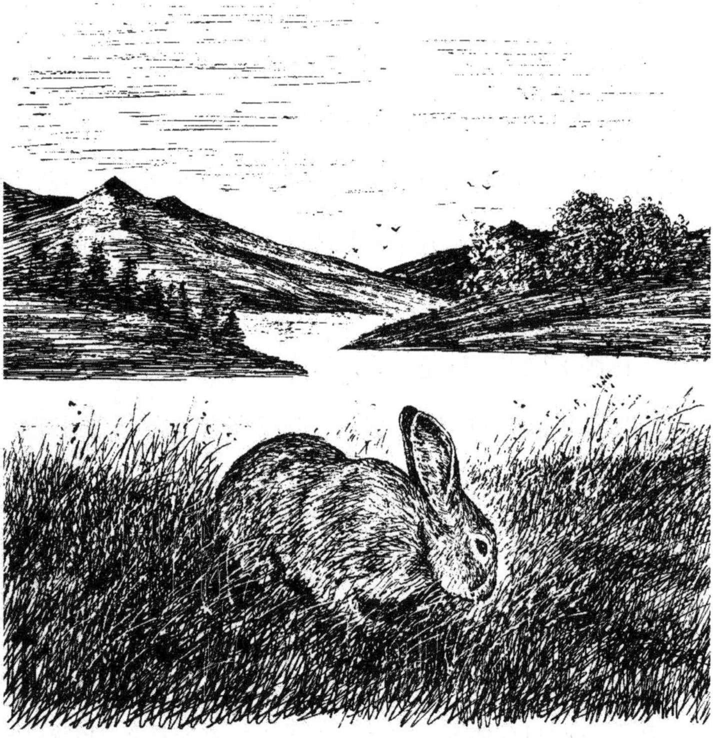

的岁月，好像也在一个遥远的地方。如此想来，所有我见到过的野兔都留在远方了。唯有记忆还在身边，离得很近，感觉一伸手就能摸到一只活蹦乱跳的兔子。

离开那个地方之后，我一直在想一个问题，难道它真听懂我说的话了吗？要不，它怎么会有那种举动？也许它所在的那个地方有它的窝，兔子窝大凡都在山坡草丛里，是一个洞穴。其洞穴一般会有两个甚至多个洞口，你看着它从这个洞口进去，如果在那里守洞待兔，都会落空，因为它还有别的出口。所谓狡兔三窟，所说的应该是这个意思。一只兔子并不是真有三个家，而是一个家有好几个门可以进出，这样看上去，它好像有好几个家一样。

我小时候在山上放过羊，记得山上有很多兔子，也有很多兔子窝。夏天日子漫长，羊散开了在山上吃草，一群孩子在山上闲着无事，便追兔子玩儿。有时候，我们会在几个洞穴口上点一把火，用烟熏兔子，只留一个洞口让兔子出来，并用一顶草帽什么的盖住那个洞口。大部分时间可能里面原本没有兔子，因为我们没有看到有兔子从里面出来过。偶尔一两次，兔子真从里面窜了出来，把一群孩子吓了一跳，于是，我们便倒在那山坡上哄堂大笑，直笑得肚子抽筋、眼泪飞溅才罢休。有一次，一只兔子提前窜了出来，我们还没有完全做好准备，结果，它顶着一顶破草帽滚下山坡。滚了好几下，草帽掉了，它才停住，爬起来，蹲在那里愣了一下——我猜它有点晕头转向——才调转头，向山顶跑去。因为后腿太长的缘故，遇到危险时往山顶方向跑是兔子遵循的求生准则，一只逃生的兔子永远不会往山下跑去。看着它向山顶而去，一群孩子没人去追兔子，而是又一次倒在山坡上哄笑，直笑得自己也从那山坡上滚了起来……我们从未逮住过一只兔子，但兔子给我们带来了无穷的欢乐。从那以后，我再也没有那样快乐过，也没那样开怀大笑过。我们玩兔子，兔子也玩我们。

小时候，我还养过一窝兔子。一开始养的是一公一母一对兔子，我特意为它们修建了一个小窝，小窝由一个很小的窑洞和一面同样很小的篱笆墙组成，篱笆墙上开了一道门，方便兔子进出，也方便我给它们喂食。后来两只兔子成了一窝，有时候窜出来，满院子都是兔子。它们会糟蹋院子里种的菜，这个时候父亲就不高兴，我得小心善后，以保全兔子。它们至少在我家生活了好几年，我知道有好几只兔子是从家里逃走了的，院墙根里有一个排水洞，它们经常从那里逃出去溜达。但是最后还剩好几只,我却记不清后来它们都去了哪里,结局如何。我只记得,每隔几天,它们都会在那口小窑洞里挖出一大堆土来,每次,我都得费不少工夫才能清理干净。

每次看到兔子的时候,它们都在不停地咀嚼什么东西,我还以为兔子跟牛是一类,也需要反刍。后来才知道那不是反刍,而是在磨牙,这是啮齿类动物每时每刻都必须要做的一件事——原来它们跟老鼠是一伙的。因为它们的门牙没有齿根,会终生生长,不如此,门齿会越长越长,最后会把自己的脑袋劈成两半。我想,啮齿类动物应该没有多少睡眠的时间,因为它们得不停地磨牙,一旦睡着了,一觉醒来,说不定两颗门牙已经长长了,把那小兔唇给顶开了,合不拢,就吃不了东西了。

家兔和野兔虽是同类,习性却大不相同,家兔喜欢集群活动,而野兔却喜欢独处,它们独来独往,像一个剑客,或一个诗人,守着孤独,逍遥漂泊。我从未在野外看到有两只兔子在一起,每次看见,都是一只兔子孤零零地蹲在那里,或蹦蹦跳跳,就像我在巴颜喀拉那条山谷中看到的那样。那是我最后见到的一只野兔,那里是格萨尔和珠姆走过的地方,也是白兰古国的遗址。曾生活在那里的白兰国古羌人和藏族先民一定也是见过很多兔子的，因而那个时候的孩子们也一定是快乐的，因为他们可以在山坡上追兔子玩儿，也会听到很多有关兔子的故事。现在城里的孩子们都会唱一首童谣："小兔子乖乖，把门开开，快点开开，妈妈要回来。不开，不开，我不开，妈妈没回来……"可是，大部分孩子是从没见过兔子的，更没见过野兔，他们的记忆里会因此而少了些什么的。那会是什么？我说不大清楚，也许就是快乐。

有人说白兰古国在今青海都兰县一带，但据李文实先生《白兰国址再考》一文的精确考证，白兰古国就在巴颜喀拉北麓今达日、玛沁、玛多三县之间，至今玛沁县境内还有一个地方叫党项。如是，我见到那只兔子的地方正好是白兰古国的腹地。藏族先民有没有养过兔子，我不曾考证过，但藏族先民一定是熟悉兔子生活习性的，一种模仿兔子蹦跳动作的锅庄舞在藏区广为流传即是例证。而曾栖居于此的古羌人一定是养过兔子的，因为兔纹是西夏国出土陶器的一个明显标记。白兰古羌人是西夏国的创立者，史称党项人，为西羌一支。他们自巴颜喀拉北麓一路向东迁徙，至贺兰山麓盘踞，最终建国西夏，一度雄踞北中国大野。依照草原游牧部族的生活习性,我想,白兰人迁徙时应该也是赶着羊群的,说不定还带上了几只巴颜喀拉的兔子。我在巴颜喀拉北麓一山谷看到的那只兔子很像一件西夏陶器上的兔子形象,说不定它们原本就是一个家族的后裔,像西夏人是白兰羌人的后裔一样,西夏兔子是巴颜喀拉兔子的后裔。

我也听过国内外很多有关兔子的故事。国外最著名的当属《龟兔赛跑》的故事,汉语世界里,最广为人知的故事应该是《守株待兔》,还有月亮上那只玉兔的故事。而在藏语世界里,有关兔子的故事也很多,有小兔子的故事,还有兔子和熊的故事、兔子和狮子的故事、兔子和狼的故事、兔子和狐狸的故事、兔子和老虎的故事,等等。大凡都是小兔子如何以自己的机智和勇敢,戏弄并最终战胜那些猛兽的故事。这还是我听到过的,我不曾听到的一定还有不少,可谓浩浩荡荡,自成一个系列。但在这里,我要讲的是另一个故事,这个故事流传不是很广,却更加耐人寻味。

有一个人上山去砍柴,身上系着一条捆柴用的麻绳,但他没带斧头,他拿的是一把镰刀。他觉得镰刀拿在手里碍事,就用一只手握住镰刀把,将弯弯的镰刀片挂在自己脖颈上。因为天气好,心情也好,他一路走,一路哼着小曲。走到半山腰，突然见到一只兔子挡在了路上，正抬头看他。他一激动，大喊一声："兔子啊！"随之，手起刀落。兔子看到，那人割下了自己的头颅。兔子这才浩叹一声，转身离去。

在所有我听到过的故事中，这是最"精悍力道"的一个故事。所有听到这个故事的人都说，那个去砍柴的人在前世可能欠了这兔子一条命，那兔子到那个地方，是专门来找他索命的。于是，肃然、敬畏。之后每次见到一只兔子，我都会静静地立在那里，看会不会有什么事发生。等好一阵子，我才会迈动脚步，悄然离去。有时，走很远了，还感觉那只兔子一直蹲在那里，望着我的背影。这种感觉一直伴随着我的童年时光，可一直没有什么事发生。久而久之，也相信不会有什么事发生了，因为自己离兔子的世界越来越远。直到在巴颜喀拉的那条山谷遇见那只兔子后，我才意识到，你可能还会遇到兔子的，在某个意想不到的地方。它会意味着什么？也许只有兔子知道，但它不会告诉我。那是属于兔子的秘密。那么，下一次，我遇见的兔子会在什么地方呢？如果可能，我真想重温一下童年的往事。

黑颈鹤

天地之间，一对鹤在悠然踱步。

有那么些时候，总在不经意间，一对鹤会突然出现在我的眼前。不是一只，也不是三只，而是一对。我从未见过一只鹤孤零零地在一个地方，也从未见过一大群鹤在一起的情景。

一大群鹤在一起的样子，我只在摄影和绘画作品中见过，譬如宋徽宗赵佶的《瑞鹤图》。赵佶的画上有18只丹顶鹤在晴空里上下飞舞，众鹤呼应生动，堪称神品。画作下方尚有徽宗瘦金体题文："政和壬辰，上元之次夕，忽有祥云拂欝，低映端门，众皆仰而视之，倏有群鹤，飞鸣于空中，仍有二鹤对止于鸱尾之端，颇甚闲适，余皆翱翔，如应奏节，往来都民无不稽首瞻望，叹异久之。经时不散，迤逦归飞西北隅散，感兹祥瑞，故作诗以纪其实：'清晓觚棱拂彩霓，仙禽告瑞忽来仪。飘飘元是三山侣，两两还呈千岁姿。似拟碧鸾栖宝阁，岂同赤雁集天池。徘徊嘹唳当丹阙，故使憧憧庶俗知。'"在中国，无论在帝王眼里，还是在民间，鹤皆为祥瑞仙禽，自古如是，可谓千古一鹤。上下五千年文明史上，如果让国人选出一只吉祥的鸟儿，我想，绝大多数人可能会首选凤凰，其次，一定是鹤。可凤凰只是一种传说中的鸟儿，它也许真的存在过，但谁都不曾亲见，鹤却不同，它不仅真实地存在，而且为世人所喜闻乐见。

不仅在中国，在全世界，鹤也算得上一种珍稀鸟类。鹤，为鸟纲，鹤形目，鹤科，仅有1属。虽然，它在世界各地均有分布，但是，目前仅存15种。其中，中国有8种，如白鹤、丹顶鹤、黑颈鹤等。而且，几乎所有的鹤种，其种群数量都非常有限，尤以灰鹤、黑颈鹤、丹顶鹤为最。历史上可能还出现过别的鹤种，而今却已无从寻觅，譬如黄鹤。黄鹤是否真的存在过，世人大多持怀疑态度，以为崔颢误将白鹤当黄鹤，对此，我并不以为然。况乎，崔颢写《登黄鹤楼》那已经是一千多年以前的事了，而且从他的诗句中，我们也不难看出崔颢也未必见到过真正的黄鹤，因为他分明写的是昔日的黄鹤。"昔人已乘黄鹤去，此地空余黄鹤楼。黄鹤一去不复返，白云千载空悠悠。"今日无黄鹤，未必昔日亦无黄鹤。

迄今发现的化石鹤类已经有17种，它们分别出现在始新世、渐新世、上新世和更新世。其中，游荡鹤属5种，鹮鹤属2种，鹤属10种，前两属鹤类均早已灭绝。科学研究得出的初步结论是，鹤科鸟类大约发生在七千万年前，至第四纪冰川期，受喜马拉雅造山运动等影响，部分鹤类开始灭绝。而且，灭绝从未停止过，曾经在地球上繁衍生息过的绝大多数生物都已经灭绝了。近150年间，有近百种鸟类又刚刚灭绝。当然，还有少量的生物继续存活了下来，包括人类和鹤类。

其中有黑颈鹤，它因为适应了青藏高原的隆起而开始繁衍，并成为最年轻的鹤属种类。我于天地间不期而遇的那一对鹤，正是黑颈鹤。不是一次两次，而是很多次，也不是个别地方，而是很多地方——但都在青藏高原，大多在青海境内。我所记得的是，每次远远看到它们的时候，我都在路上。

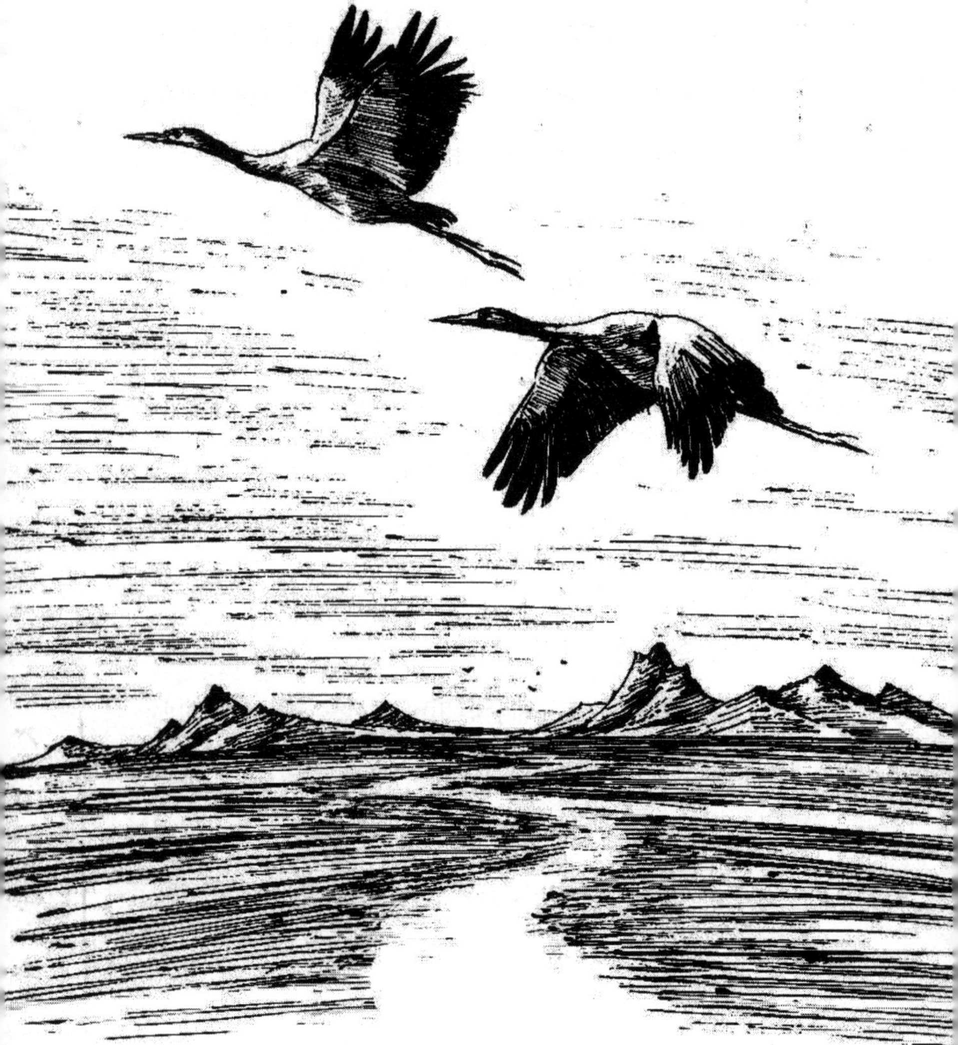

因为视野中出现了它们的身影，每一次，我都会停住脚步，而后慢慢靠近它们。当然，我不会走得太近，那样它们会受到侵扰和惊吓，并离你远去。当走到一个能看清它们的地方，我一定停下来，不会再往前靠近。即使这样，很多时候，它们也会觉得你已经越过了一条界线，于是，款款迈步，缓缓移动，渐行渐远。每次看见它们，都是在一片草原上，都有一片湖水，它们在湖岸上走走停停。偶尔，一只鹤会发出一声长唳，像呼唤，像低语，像沉吟，另一只听见了，也伸长脖子鸣叫一声，像呼应，像回答。因为，我所见到的黑颈鹤都是一对一对的，心想，它们应该是长相厮守的情侣，是恋人。

我第一次看见一对黑颈鹤是在黄河源头。那是一片辽阔的草原，几千个湖泊点缀其上，站在高处俯瞰，宛若繁星点点，故得名"星宿海"。我看到的那一对黑颈鹤住在其中一颗"星星"的岸边。那天，我向那片湖水走去时，大老远就看见了那一对鹤，它们忽而一前一后、忽而一左一右地在岸边草地上漫步。我向它们走去时，它们也开始慢慢迈动脚步，沿着湖岸走动。因为湖面不是很大，不一会儿，它们已经在湖对岸了。

我最后一次看见一对黑颈鹤的地方离此地也不远，也在黄河源区，也有一片湖泊，但它不属于星宿海，而是一片独立的湖泊，那是我所见过的最美的湖泊。站在那湖边，我曾对玛多县旅游局的朋友说，希望能在这湖边立一块牌子，上面写上这样一句话："请你务必不要离湖水太近，更不要试图用你身体的任何部位去接触水体。我们并不是说你不干净——你非常干净，但是，对这片湖水而言，我们所有的人都还算不上干净。"你能想象这是一片怎样的湖水吗？每到秋天，湖滨草地上一派缤纷绚烂，金黄色、紫红色的水草像一个巨大的花环环绕着湖水，与皑皑雪山、碧蓝湖水交相辉映，将一幅绝世的湖光山色挥洒在荒野之上。

此湖名曰冬格措纳，意思是有一千座山峰簇拥着的湖泊。其西北是开阔的托素河源区河谷，河谷一侧有一金字塔状小山，山下立有石碑，上刻"吐蕃古墓葬遗址"字样，下方还有几行小字，说也有学者称这里是古白兰国遗址。湖东南有山谷，两面山峰怪石嶙峋，疑是火山岩，千奇百怪，形态各异，如十万罗汉坐卧山野。进得山谷不远，豁然开朗，突兀一奇峰，曰珠姆煨桑台。珠姆是雄狮大王格萨尔的王妃，想来，格萨尔征战四方降妖伏魔时，也曾在此久久盘踞。据说，六世达赖喇嘛仓央嘉措最后一次远行时，也曾路经此地。当地藏族确信，他是特意绕道经过这个地方的。想必，他早就知道这是个神奇美丽的地方，因而一路往东向青海湖方向跋涉时，刻意走进那条山谷，来看看这片湖光山色。也许正是受到这片蓝色湖水的启示，才促使他从一片蔚蓝走向另一片蔚蓝。虽然，在他流传于后世的那些情歌中，我并未找到有一首情歌是属于这个地方的，但是，我也确信，他一定为冬格措纳写过一首情歌，在心里。

那天，我们走到那湖边时，清澈的阳光令人目眩。好像那阳光不是从一个地方洒落下来的，而是从很多地方洒落的，它们相互交织，变幻着光芒的色彩。也许是因为海拔的缘故，在海拔超过4000米的地方，我常有这样的感觉。即使太阳在你的这一侧，那阳光好像也能从另一侧照彻过来。正恍惚间，我看见了那一对鹤，像两个仙女——其实是一位公主和一位王子，它们正在那湖边悠然踱步。在这样一个地方见到一对鹤，在我看来，有着非同寻常的意义。也许，当年仓央嘉措走到这里时，也曾与一对鹤不期而遇，说不定，他就是为一对鹤而来。如是，我所遇见的这一对鹤是否就是他所遇见的那一对鹤呢？如是，这鹤应该还记得他的那首情歌。

不仅如此，这一路上，仓央嘉措可能与一对又一对黑颈鹤不期而遇，在羌塘，在唐古拉，在巴颜喀拉，在冬格措纳和青海湖。他曾在情歌中写到过白鹤，我以为，他诗中的白鹤即是黑颈鹤，黑颈鹤除颈部有环状黑色羽毛，全身几近洁白。那时，黑颈鹤还没有被命名，世人只知有白鹤，而不知有黑颈鹤。他在诗中写道："洁白的仙鹤啊，请将你的翅膀借我；我不会飞到很远的地方，只到理塘转转就回来。"——这是记忆中的仓央嘉措情歌，谁的译文？我已记不清了。不过，这一次他不是去理塘，而是未知的远方。"远方，还在那里吗？那个心已经去过，脚步还不曾抵达的地方。"——这是我一首情歌的开头。远方，其实是一个并不确定的地方，但是，我们依然会想念，甚至会因为想念在暗夜里落下泪来。对鹤、对我、对仓央嘉措来说都是这样。所以，人们总是梦想着有一天能放下一切独自去远行。

　　藏族传说，格萨尔有一个忠诚的牧马人，一生都在为格萨尔放马。他去世后，他曾经放马的地方出现了一只黑颈鹤，鸣叫着，久久不愿离去。藏族便说它是"格萨尔可达日孜"——意思就是格萨尔的牧马人。我第一次看见黑颈鹤的地方正是格萨尔赛马的终点，历经各种磨难大获全胜的格萨尔在那个地方登基称王。立于那方经幡飘展、嘛呢石簇拥的高台闭目遐想，似有马蹄声自天边响起，仿佛又有万马奔腾的场景浮现眼前。天地之间，那一对鹤寻寻觅觅，像是在寻找曾经的牧场，又像是在追寻失落的马群。也许那一对黑颈鹤还在继续牧放，牧放一群隐于无形的骏马，只等格萨尔重返人间。那时，它们便会立刻显形于山野天地间，长啸嘶鸣，开始新的征程，纵横天下。

某种意义上说，像黑颈鹤一样，仓央嘉措也是一个牧人，不仅因为血缘、祖先和草原牧场，还因为他牧放的心灵和深情吟唱的情歌。无论遭受过多大的人生磨难，其心灵一直在辽阔的精神疆域中自由驰骋，绽放自在。我总感觉，在踏上最后的这段旅程时，他就像一只孤独远行的鹤。可是鹤不会独自远行，一只鹤总有另一只鹤相伴。也许，对他而言，所有的陪伴都已结束，或者说都已留在了身后，最后的这段旅程注定了他要独自面对。所以，他径自往前，却无法回头，因为他知道，所有的羁绊都已解脱，所有的缘分都已放回原处，所有的轮回都已开成花朵、长成慈悲，剩下的只是一次远行。

当我回想遇见过黑颈鹤的那些地方，再把一对又一对黑颈鹤与一个地方、一些人、一些往事联系在一起时，它便具有了某种令人怀念的意蕴，会在心头久久萦绕，于是沉浸其间，流连不已。即便是想象，岁月深处，一个地方能有如此众多的人和事与一只鸟儿联系在一起，这不能不说是一种辽阔久远的记忆，它远远超越了一个人所能拥有的人生经历和生命体验。而且，这还不是一只普通的鸟儿，它是黑颈鹤，是仙鹤。更何况，这还不是想象，而是经历，是记忆。一只鹤就这样纵贯我的人生，时时地让我萌生出一种自由飞翔的冲动来，或许这也是一次远行吧。

有道是：海为龙世界，天为鹤家乡。而我看到的鹤都在地上，大多与我栖息在同一片土地上，因而似乎感觉自己的身上也多了些高洁的品性。这自然是妄言。你不是鸟儿，更不是鹤，你就是你。不过，这并不妨碍你能遇见一对鹤，更不妨碍你去喜欢所遇到的那些鹤，让它永远留在你的记忆里。

在青藏高原所有的珍稀鸟类中，黑颈鹤给我留下的印象最为深刻。在所有的鹤类中，我只对黑颈鹤做过近距离的观察，而且是在野外。黑颈鹤是唯一生长繁殖于高原的鹤类，栖息在海拔2500~5000米的高原。北起阿尔金山—祁连山，南至喜马拉雅山麓—横断山，西起喀喇昆仑山，东至青藏高原东北边缘，都是它的栖息领地。有如此辽阔的家园，正好可以满足它们喜欢分散居住的喜好。黑颈鹤通常不喜欢聚在一起过拥挤的生活，它们喜欢小家庭的生活，并以小家庭为单位分散居住，而且，一个小家庭与另一个小家庭之间会保持一定的距离，以避免相互侵扰。而一个小家庭就是一个繁殖对，一个繁殖对至少都拥有 1 平方公里以上的领地。人烟稀少的青藏高原正好给它们提供了足够宽松的生存空间，所以，一年的大部分时间它们都生活在这里，不愿离开。直到 11 月中下旬严寒来临，小鹤的羽翼也已经丰满，可以展翅飞翔了，它们才暂时离开家乡，飞到云贵高原和雅鲁藏布江过冬，像是去度假。它们是鸟类中真正的乡绅和贵族。

如果在青藏高原只选一种代表性的鸟类，我一定会选黑颈鹤。尽管还有一些鸟类更加稀有珍贵，譬如藏鹀——迄今为止目睹藏鹀的人都是屈指可数的，然而，我仍偏向于黑颈鹤。如果把视野限定在我所栖居的青海这片土地上，那么，我更会坚定地选黑颈鹤。科学界认定的第一只黑颈鹤也发现于青海。1876 年，俄罗斯探险家普尔热瓦尔斯基在青海湖发现了它，并取得标本。有消息称，科学家经过多年追踪观察发现，全世界至少有一半的黑颈鹤是出生在青海的。据科学家测算，全球黑颈鹤数量在 9000 只左右，有繁殖对 3000 对~4000 对，其中至少有 1500 对~2000 对在青海繁殖。单凭了这一条，青海作为黑颈鹤的家乡，也当之无愧。

不过，我也发现，喜欢远离同类分散而居的黑颈鹤也有特别喜欢的地方，这样的地方总会有很多它们的小家庭，譬如玉树隆宝滩就是这样一个地方。早在20世纪后期，那里已经设立了国家级黑颈鹤自然保护区。那是一个开阔的草原湿地，在那里你经常会看到几十对黑颈鹤其乐融融的场景。虽然也是一对对分散开来的，但这一对与另一对不是离得很远，而是毗邻而居，从这个小家庭里能听到另一个小家庭的动静。我想，像隆宝这样的地方大概就像是人类社会的城市，人口相对稠密。但是总体上讲，这种地方毕竟是特例，黑颈鹤不像人类这样热衷于城市化。它们偏安一隅，不求繁华，却拥有辽阔旷远的疆域，以期驰骋和飞翔。

也许，正是相互之间总是保持适当距离的这种栖居方式，才使它们过着悠闲自在的生活。自由和自在都需要足够的空间距离。但凡拥挤，节奏就会加快，竞争就会激烈，压力就会加大，情绪就会紧张，因而免不了冲突和剑拔弩张。我从未见过匆匆忙忙的黑颈鹤，它们总是一派静谧恬淡、从容优雅的样子。

因为，它们从不拥挤。

羊的事

我这里所说的羊,就是绵羊。在我老家,它的名字就一个单字,羊。

从品种上来说,以前的村庄里,只有一种羊,藏羊,书写时大多会写成藏系羊或藏细毛羊,因毛细长而得名。藏羊幼时,都是卷毛,一绺绺白毛弯弯地打着卷,几乎成了一个个柔软的小圆圈,挂在小羊的身上。小羊都顽皮捣蛋,喜欢蹦跳嬉闹,那些小毛圈儿就一起抖动,像一片挂在它身上的小铃铛,如果它能发出声响,一定是一串悦耳的铃声。在同类中,毛卷得更厉害的当属宁夏滩羊。所以,我个人一直以为，藏羊与滩羊之间存在某种血缘联系，就像藏族与西夏人有着血缘联系一样。

因为那些卷毛样子好看，羔皮也成了人们喜爱的宝贝，谁要是用一色的羔皮做了一件皮袄，甚至一件小坎肩，见了的人就会羡慕得不得了。但你要凑够那么多的羊羔皮不是一件容易的事，因为羊羔是不可以宰杀的，它太小了，下不了手。羊羔偶尔会夭折，年景不好的时候，更不容易成活，人们就把它的皮珍藏起来，也许过个十年八载就能做一件羔皮的袍子了。

我肯定，以前我们村庄里的羊只有这一种，每只羊之间的区别只在于，有的长角，有的不长角，有的全身纯白，没有一根杂毛，而有的则在身体的某个部位镶着一圈黑边。镶黑边的部位以足部和头部居多，如果在足部，那一圈黑毛一般会从蹄子开始一直长到小腿，这样它就像穿着两双黑色的长筒袜一样。如果那黑圈儿在头部，就会有点复杂，有的整个头部都是黑的，有的只有额头是黑的，有的黑毛又会长在两只耳朵上，还有的黑毛正好围着一双眼睛，成了眼圈。仿佛那是它们刻意的装扮，是羊儿们以自己的喜好有意为之。牧羊人喜欢给自己的羊取各种各样的名字，这些毛色标记就成了名字的来源，于是有的叫黑眼圈儿，有的叫黑袜子，有的直接叫黑头，还有的可能会叫黑耳朵，当然一定还会有花脸……

我自己也曾有过一只叫黑眼圈的羊儿，在《谁为人类忏悔》一书的第一章，我曾写到过这只羊儿："有一天下午，我刚刚把散落在山坡上的羊群赶到一起，甩着手中的小皮鞭奔下那座山冈时，迪生叔正躺在草地上望着那只云雀直溜溜飞近地面而后又一下飞进天空里，扇动着翅膀。迪生叔就没有看见我那只黑眼圈小羊羔跟在我后面飞跑时不时腾空跃起的那个优美的舞姿。所以当'黑眼圈'又一次纵身跳起，并把它的小主人绊倒在茂密的灌木丛里，脸上被小树枝刺破了流出黏糊糊的血而叫着他叔叔时，他叔叔就没有听见。'黑眼圈'盯着它的小主人在那里痛得'咩咩'乱叫时，它显得很尴尬。它先是抬起那只小蹄子在我的屁股上轻轻刨了几下，便看见我裤子屁股上那个破洞越来越大了，露出一块脏兮兮的皮肉，上面并没有长着像它一样的白毛。它可能觉得很好笑，便也像它的小主人一样'咩咩'地叫了起来。"

记得大约是20世纪70年代以后了，村庄里一下来了很多胖乎乎的羊，后来才知道，这种羊原本生活在遥远的新疆，让它混进我们羊群的目的是为了跟我们的羊配种。那时，我还小，不懂大道理，但对我幼小的心灵来说，这是一个不小的打击。我总觉得，让新疆羊来跟我们自己的羊交配，不仅会伤害我们自己羊的自尊，仿佛也伤到了我们自己，把羊赶到山上时，我总会在心里念叨：凭什么？假如正好有一只新疆羊在跟前，我就会用手中的皮鞭或木棍狠狠地抽上几下。

这种羊，不仅体形高大，而且壮实，更主要的是，毛还不打卷儿，以前我们还从未见过不卷毛的羊，而它的毛就不卷。后来我自己揣测，可能是因为它的毛长得太密实了，只能一根紧挨着一根顺着生长，来不及也没办法弯曲。开春以后，剪毛的时候，我的揣测得到了证实，这种羊的产毛量几乎是当地土种羊的一倍。剪下来的羊毛还粘连在一起，像一张厚厚的毯子。即便如此，我还是不喜欢这种羊，几乎一年四季，它都是脏兮兮的，因为毛太厚，即使在冬天它也会热得冒汗，再滚一身的泥土，泥土和毛色上就会泛着一层焦黄的汗渍，大老远就能闻到一股汗臭味儿，而且，它们懒得动弹。所以，没过多久，人们就给它取了一个雅号，叫"懒汉羊"。很久以后，我在向外地人解释为什么青藏高原的羊肉没有膻味时，就说这里凉爽，加上当地土种羊的毛疏密有致，透气好，羊不出汗，所谓膻味其实就是汗臭味儿。

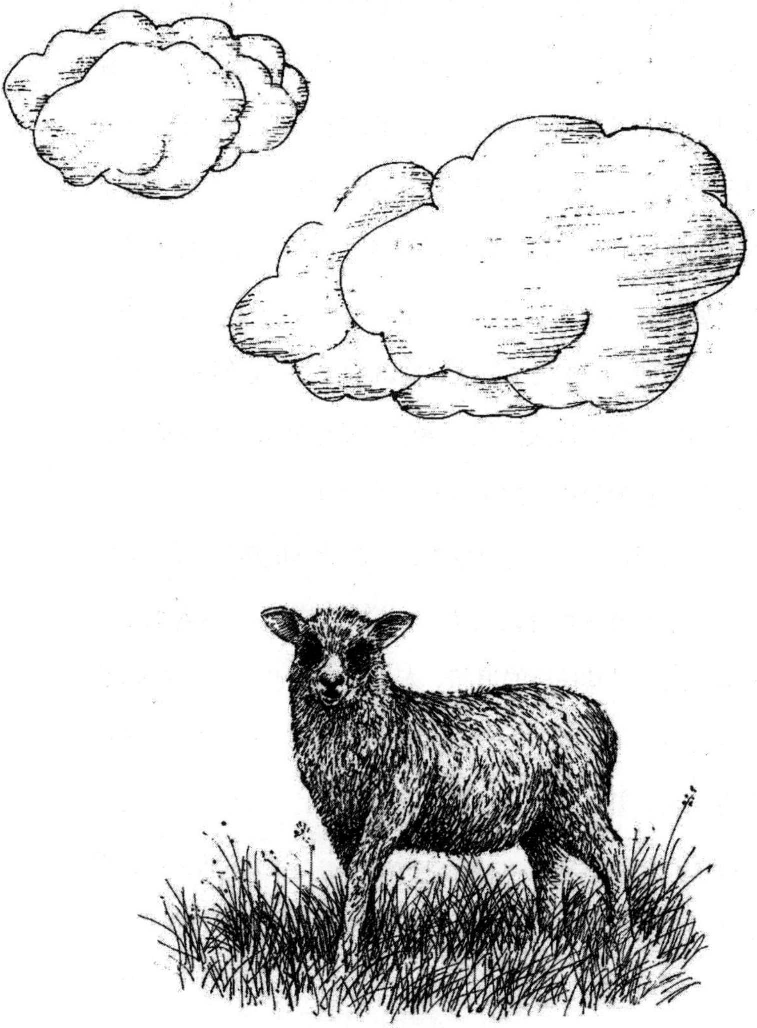

过了十几年，纯种懒汉羊的身影就已经看不到了，但它们并未完全消失，从羊群中一些羊的毛色上依稀还能看到它们留下的标记。又过了十几年，这样的标记才变得越来越模糊不清了。可是自此，天南地北的羊儿们像走亲戚一样，轮番地到我们的村庄里，住了下来，像是民族间的融合。宁夏大尾巴羊来过，山东小尾巴羊也来过，蒙古的羊来过，河曲欧拉羊也来过……我想，它们就是羊类的移民或殖民。现在走到山坡上，如果能遇见一群羊，乍一看，它们都差不多，像是一个品种，但走近了细看，你就会发现，它们都有分别，单看那尾巴，有的硕大无比，盖过了整个屁股，有的细小，嵌入股沟，有的短小，向上翘着，像兔尾……

据我的观察，在所有家畜中，羊是最具追随意识的动物，因而也是最具牺牲精神的畜类。我说的追随不是对人类精神的追随，而是对其种群的追随。人们通常所说的"头羊现象"就是这种意识的体现，一群羊无论身处险境还是它们决定往哪个方向走，并不是大家一起商议决定的，而是头羊一时心血来潮的结果。所以，一旦头羊做出了一个愚蠢的决定，整个羊群不会有一只羊对此产生丝毫质疑，而是决意追随。

有一年，青海湖边遭遇大风，一群羊正在湖边上吃草。

一阵风过,离湖最近的一只羊被刮到湖里,身边的羊看到了,跟着就往湖里跳,其余的羊也跟着跳,结果一群羊都葬身湖底。幼年牧羊时,曾遭遇狼害,狼群泛滥。一日,见一匹狼走进了羊群,看见狼,虽然羊也显出惊恐万状的样子,却并不逃离,只用四只蹄子用力敲击草地,发出"啪嗒——啪嗒"的声响,想必是用来吓唬狼的。然狼不为所动,不慌不忙地走近一只羊,咬断了它的脖子。到这个时候,它们依然不会逃离,依然只是用蹄子使劲敲打草地,不时地打出一两个响鼻,还一起回过头看着要断了脖子的同伴。接着,狼又走向另一只羊……相同的一幕一再重复上演,羊群一直在近旁目睹它的发生。

羊怕热,羊在山坡上吃饱了,就会找个阴凉的地方纳凉歇息。如果一时找不到理想的阴凉,它们就会找一个崖壁下有小山洞的地方,而后,所有的羊只都会把头伸到那小山洞里,几乎是嘴对嘴站着,而不太在意让整个身子露在外面,好像热的只是头脑。除了怕热,它们似乎也不大喜欢雨雪,尤其是雨,只要下雨,它们也会找个地方避雨,但也是只顾头而不顾尾,纵然大雨滂沱,只要头上淋不着,把全身都淋湿了、浇透了好像也无所谓。等雨停了,四蹄蹬直了使劲儿一抖，落在身上的雨水就会飞溅而去。

很多时候，我感觉，羊对头脑的珍视程度甚至超过了生命，只要避开羊头，让它看不到，你即使拿刀子捅一下，它也未必会有太大的反应，顶多也只是"咩咩"地叫上几声。也许正是这个缘故，羊的一生充满悲怆的色彩，甚至有点悲壮。它们依赖人类生存，让他们牧放饲养，作为回报，它把每一根毛都献给了人类，去温暖他们。临了，又让其宰杀，把皮毛和血肉也都给了他们。当然，除了用来役使的牲口，几乎所有家畜的归宿都是这样。而且，羊儿们所经历的一切在其他家畜的身上也发生过，比如猪，以前村庄里全是一色的本土黑猪，后来，江津白猪、乌克兰大白猪接踵而至，现在村庄里的本土黑猪早已绝种，只剩下一色的大白猪了。只是因为羊的这些习性，又加重了其悲剧的色调。所以，一个牧羊人是不忍心对自己的羊下手的，藏族尤其如此。

孟子曰：君子之于禽兽也，见其生，不忍见其死，闻其声，不忍食其肉。不是简单的矫情，更多的是，有一种对生命的悲悯和敬畏在里面。如果羊儿知道孟子说过这样的话，也会报以敬畏。孟子而后，再没人说过这样的话，所以，孟子值得永远敬畏——当然，还有羊。

山羊

有关"山羊"一词,《现代汉语词典》有几句话的解释,似有半句堪用,却也是废话,说"山羊是羊的一种"。还有一些专业书籍,在罗列山羊的别名时,把"夏羊""黑羊"也列在其中,我也以为不妥。前者当属地域性名称,正如弘景所言:"山羊即《尔雅》羊,出西夏。"然山羊不止"夏"所独有,至少欧亚大陆均有分布,其中包括了中国所有的地区,从黑龙江、新疆、青藏高原到两广地区都有山羊——两广一带炎热,绵羊难以存活,却有山羊,曰:东山羊。而后者则表明它是一种黑色的羊,然山羊也不止有黑色,还有灰色、青色和白色等，亦非个别存在，而是普遍现象，甚至是种群主体。

至于史书上的一些记述，纵然有趣，却多有讹传。比如恭曰："山羊大如牛，或名野羊，善斗至死，角堪为鞍桥。"颂曰："闽、广山中一种野羊，被人谓之羚羊。其皮浓硬，不堪炙食，其肉颇肥软益人。"即便山羊曾为野畜——所有家畜的祖先又何尝不是——至迟在8000年前就已经驯化为家畜，而这些记述都是很久以后的事，难道过了几千年，山羊又到山中变回野畜不成？山羊善斗倒是真的，然也不至于死。其之所谓善斗，在人类眼里是"斗"，在它们眼里则很可能纯属玩耍，类似于人类的摔跤和拳击比赛，纵然偶有"至死"，也绝非目的，而属事故。

于是，感慨系之。心想，你要想了解一些有关动物的知识，读书固然重要，但更重要的是去亲近动物，接触动物，而后自己去观察，去认识，这才是真谛。而这也是我为什么会写这些动物故事的一个重要原因，因为越来越多的人生活在城市里的缘故，对很多人来说，能够接触并近距离观察动物的机会越来越少。尤其是城里的孩子，别说是野生动物，很多家畜也是难得一见的。而这对他们的人生来说是一件多

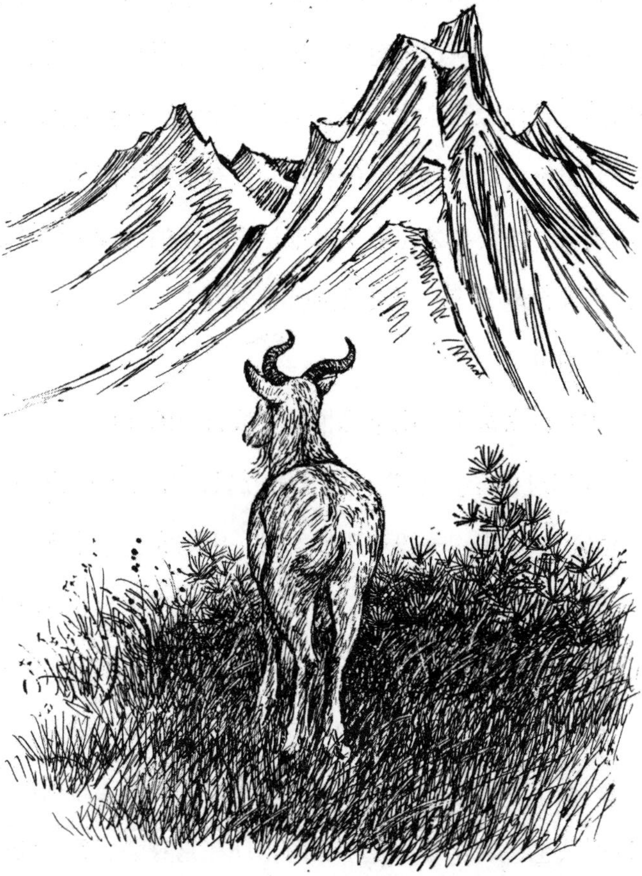

么重要的事情，不可不重视！说到底，毕竟人也是一种动物，而世上不止人一种动物，还有千万种动物。

而最初，人和所有的动物都有一个共同的源头，都有一个共同的祖先。从这个意义上讲，人类与所有的家畜和野生动物都有着血缘和亲缘关系，都是整个动物世界里的兄弟姐妹，人类不可以无视它们的存在。只有珍视它们的存在乃至繁衍生息，人类也才可以更好地认识自己的处境。清楚自己最初从什么地方来、最终又到什么地方去，理应是一件非常有意义的事。

在所有家畜中，山羊恐怕是我最喜爱的动物之一了。我们家曾养过山羊，不多，只有三五只，混在羊群里。那是20世纪70年代，一段艰难的岁月，中国农村温饱无着，所有人的日子过得都很苦。后来，日子好起来了，我却开始怀念那段岁月，不是怀念艰辛，而是山羊，确切地说是一只山羊。那是一只母山羊，它一年四季都产奶。每天晚上，羊儿们回到家中羊圈之后，那只母山羊就会凑到圈门跟前等我，而这时我也拿着一个大瓷缸准时出现在它身旁。看到我蹲在它身边，它甚至会稍稍岔开两条后腿，弓起腰身，垂下硕大的乳房，配合我挤奶。夏天牧草丰美，每晚我都能从它那里获得差不多一大瓷缸奶汁，秋天略少，冬春两季，最少的时候，也有小半缸子。因为羊奶浓稠，脂肪多，即使只有小半缸子，也可以熬一壶像样的奶茶。

而日子刚刚好起来，那只山羊就死了，是老死的。它死的时候，很瘦，身子好像一下就缩小了，毛却很长。而今，差不多过去了半个世纪，但我仍清楚地记得它的模样，长长的胡须，弯弯的犄角，两只半垂的耳朵，一双温情的眼睛，还有父亲在开春时系在它鬃毛上的红布条——我总是会细心地留意在它脖颈上飘荡着的那条红布，觉得那是它得以平安的象征，一旦发现它有所松动，便会重新系牢，所以它会一直在，不会脱落。它死的时候，那一年系上去的那条红布还在。

后来，每次想起它的时候，我都想，也许正是它的存在，我才可以活到现在，要是没有它慷慨馈赠的那些奶汁，至少我们一家人的日子会更加艰难。因为它，想起那段艰难岁月时，还有一股香甜的味道，一直在心里，从不曾消散过。

山羊在藏语中的读音是"Rama"，蒙古语称"赛什克"，土族语中好像叫"加拉"。而在我老家，山羊在汉语中也不叫山羊，而叫羖鹿——我翻遍了几本词典，也没找到相对应的一个词。想来，前一个字应该就是"羖"——虽然，《现代汉语词典》对它的解释是"公羊",却也与羊有关;而后一个字,我看着"鹿"这个字在形意上最为相近,就缀在其后了,说不定真是"羖鹿"这两个字呢。因为,从山羊或羖鹿的行为举止看,它的确不像猪牛羊等别的家畜,而更像是一头鹿。尤其是它腾跃蹦跳时矫健的身姿和步伐,更像鹿。当然,在野畜家族里,除了鹿,岩羊或石羊更像是它的近亲。和岩羊一样,山羊也喜攀岩,不一样的是,它甚至还喜欢爬树,生活在村庄里的山羊还会翻墙上房,其顽劣习性由此可见一斑。冬天,山羊会啃噬树皮,如果能够得着树梢,也会扫荡一光。所以哪个地方冬天的树被一片片剥了树皮,一些低矮的树又没了树梢,那多半都是山羊的"杰作"。如果放牧的地方牧草稀少,它们甚至会用利蹄刨开草皮啃噬草根,故视之为生态破坏者……

你时常会看到这样的情景,一只山羊站在一面墙头上,高昂着头颅,临风飘着长须,举着两柄利剑,俯瞰,巡视,透着仙风道骨,像一个侠客。这样的情景一般只在冬季或深秋以后、开春之前能够看到,因为这个季节,田野上没有了庄稼,村庄里的牛羊才有机会随处溜达。

因为信奉佛教的缘故,村庄里有放生的习俗,加上以前村庄里的人不会加害于野生，要放生的话，也只能放生自家养的牲畜了。可能是因为山羊求生本领更强的缘故吧，村庄里的人都更愿意放生山羊。但是，它原本就是家养的牲畜，即便放生了，它也认得家门，每天它即使出门去随处溜达，也随时会回来的。看上去，它的生活并未多大改变，甚至与别的家畜也没什么分别。但是，只要你细细观察，就会发现，无论在时间上还是在空间上，放生山羊都会获得无限的自由。

它们高兴了，即使几天不着家，主人也不会惦记着去寻找，因为实际上它已经不属于原来的主人了，它另有所属。亦或者，它不进原来主人的家门，却随意走进了村庄里任何一户人家，他们也知道它的身份，知道它是一只放生的山羊，便视为神灵，只要它不登堂入室，也就由着它去了。即使它一时心血来潮想登堂入室，你也不能来硬的，只能哄着，哄高兴了，它也就离开了。一只山羊少说也有十几年的寿命，于是，这十几年里，这只山羊就在村庄里自由自在地到处游荡。有一天，村庄里突然看不到它的身影了，头几天人们也不会在意。时间长了，说不定有个人会想起来，于是对另一个人说，那只放生羊好像不见了。另一个人心照不宣地"哦"了一声，算是回答，好像是在说，它在与不在，不是你所操心的事。这件事就这么过去了，过几天，说不定会有另一只放生羊出现在村庄里。

现在少了，以前的村庄和寺院周围有不少放生羊在随处溜达，有时，它们还会出现在闹市和街区。沿街有很多店铺，它们从这家店铺出来又走进另一家店铺，像是在逛街，遇见的人也只当是缘分，并不稀奇。只是一旦发现，人和羊都正准备走进同一家店铺时，一般来说，人都会站到一旁，先会让这只羊进去。我想，那也许是因为羊已经放生的缘故吧。

我们村庄里以前也有放生羊，我记得的最后一只放生羊是一只黑山羊，体形高大，健壮无比，像一个斗士。它总是雄赳赳、气昂昂地从村庄里走过，无论遇见人还是别的牲畜，它几乎都不会主动避让。如有胆敢挑衅者，它甚至会用两只后腿支撑着整个身子直立起来，举着两支犄角像是随时准备着要决斗的样子。但是，它并不会真跟你决斗，而只是在逗你玩儿。如果你真迎上去，它会纵身一跃，跳到一旁走开的。当然——假如迎上去的也是一只羊或山羊，那就另当别论了。那时，它先会用坚硬的头颅撞击，而后会毫不犹豫地将两支尖利的犄角直刺过来，如不及时躲避，它会刺穿任何动物的身体。而即便真发生了这样的事，人们也拿它没办法，因为它是只放生羊，人无权处置一只放生羊。

久而久之，它似乎也意识到了自己所享有的这种特权，越发地肆无忌惮了，人们也只能忍着。有一天，它也会突然从村庄里消失，不见了。头几天，好像没人谈论过这件事，但从村庄里走过的人，脸上好像同时都挂着一副心照不宣的表情。几天之后，我才隐约听见"哦"的一声，像是从村庄的巷道深处传来的，又像是整个村庄发出来的。那声音从人们的心头呼啸而过，似乎传到了很远的地方。

之后，一片寂静。村庄好像空了。是因为那只放生羊走了的缘故吗？

藏狗

也不知道为什么，我对狗有一种与生俱来的恐惧。

为了改变自己对狗的恐惧心理，小时候和长大以后，我甚至试养过两条狗。小时候养的那条狗很小，跟猫似的。但是，一开始我还是很害怕，我总是与它保持着相当的距离。这种距离却增强了它的好奇心，它总是要想办法与我亲热，而我曾以为那就是所谓的狗性了。后来它误食毒药死于非命，我就厚葬了它，还在它的墓前站了许久，那是我与它离得最近、在一起时间最长的一次相处。长大后养的那条狗是条真正的狼狗，我在成为它的主人之前它温饱无虑，而且还有城市户口。我把它弄到老家的山村后,自己却跑回城里待着。从此聚少离多。后来它也死了,听说是我父亲埋葬的。它死后,它的一个后代又在我们家过了很多年。

这条狼狗之后,家里还养过一条狗,这是一条藏狗。直到现在它依然健在,只是已经不在自己家里了,或者说也还在自己家里,只是换了个地方。以前,父母在世时,它就拴在老宅门前,父母过世后,老宅空了下来。我两个妹妹就把这条藏狗牵走了,先在一个妹妹家过了一两年,因妹妹要出门,又去了另一个妹妹家,像是走亲戚。我曾在《家有猫狗》一文中写到过这条藏狗,也写到过它之所以去妹妹家的经过。

遂将有关这条藏狗的文字摘抄如下:

狗,之所以还留在家中,是因为不好处理掉。按照当地藏族的习俗,狗既不能买卖也不能随便送人,更不能烹而食之。不得已,非要送人,也要选个好人家才行,像嫁姑娘,是一件很隆重的事。那是一条普通的藏狗——不是藏獒,个头不大也不小,这还是其次,更糟糕的是,这是一条笨狗,一点也不灵敏。我们家以前也养过好几条狗,其中有两条,只要是家里人,即便是很久不见,只要你弄出点动静来,哪怕是轻轻的脚步声和一点点气味儿，它都能在大老远就会发出哼哼唧唧的声音，做出一副热烈欢迎的姿态。可这条狗不是，你即使跟它朝夕相处，只要你是从家门外往里走而不大声地跟它打声招呼，它就不乐意，它就会像见了仇敌一样狂吠不止。它是多年前弟弟从玉树带回来的，它要是还在玉树，一定早就沦落到流浪狗的行列了。草原上到处都能看到无家可归的流浪狗，草原牧人会善待它们，大草原也为它们提供了广阔的生存空间。以前的青海农村偶尔也能见到流浪狗的身影，一般都是在饥荒的年代，后来就见不着了——很显然，那与人和狗都无关，而与年代有关。

　　别说是当下，即使在以前，也不会有人愿意养这样的一条狗。而今世道变了，你要给这样一条狗选个善良人家送出去，难。当然，找个恶人一定非常容易，即使在忌食狗肉的我老家一带，据说现在偷吃狗肉的也大有人在。只要养肥了招呼一声，定会一呼百应。可这事能做吗？所以，在没有找到一个万全之策之前，我还得伺候着——说不定得一直伺候着，直到它终老。为此，我甚至想象过，要是能有一个动物养老机构就好了，那样，我就可以把这狗和猫统统送到那里去养老，让它们与别的狗和猫一起快乐地度过余生。可目前

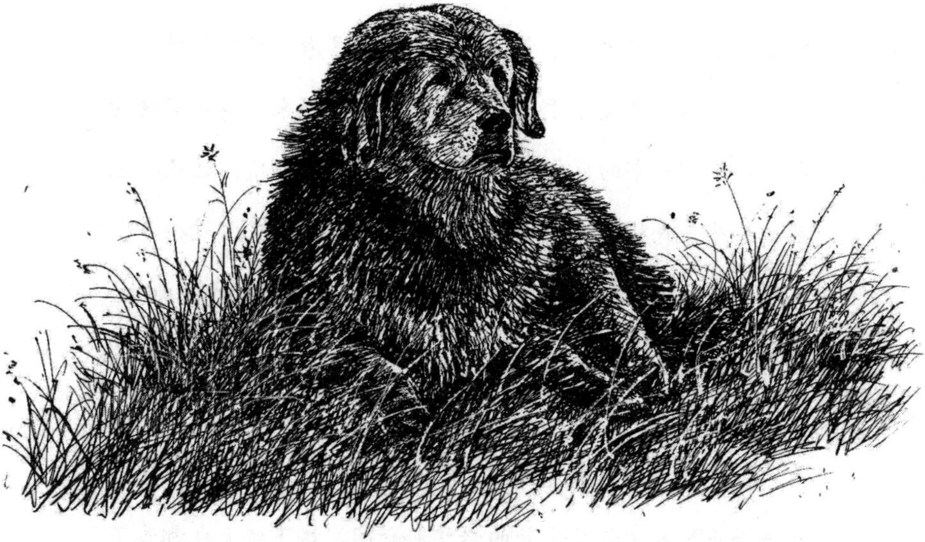

这只是想象而已。终了，最可行的办法可能是，我把它们都寄养在别人家里，作为监护人，我可能要支付一定的费用，由别人来代养，以确保无生存之虞，直到它们生命的最后。

以前，乡村里但凡养狗的人家，都是为了让其看家护院，多属猛犬。而时下的村庄里已经很少养这种狗了，乡里人也开始学着城里人的样子把狗纯粹当宠物养了，满巷道溜达着的全是跟猫一样大的小犬种，已经失去了看家护院的功能，顶多会起到一个类似于门铃的作用。回想起来，豢养宠物狗之风在中国城市的盛行也就是近一二十年的事情，近几年尤甚。虽然，我从未在城里养过任何宠物，但曾去逛过狗市，发现城里人最早养的大多也是袖珍型的小狗，有的比猫还小，后来，城里人养的狗越来越大，也越来越凶猛了。在我住的小区里，有一户竟养着五六条猛犬，清一色全是德国狼狗。主人每次出来遛狗都是一派奔腾呼啸，那阵势会让你产生自己是否正置身纳粹集中营的错觉和疑问。楼下楼上也都养了一条猛犬，害得邻居们每次进出家门之前总要先侦查一番楼道里有没有狗，有老人小孩的人家更是担惊受怕——尽管那是自己的家门，但随时被两条猛犬觊觎着。每天清晨和傍晚，你再到城里的街心花园里看看，但凡有个去处，都有狗在上蹿下跳，每条狗都有人在陪伴，都有人围着转。再听听狗主人们对狗亲昵的称呼，你更会大惊失色，那分明是在呼唤自己的至亲，便禁不住要问，什么时候，人与犬类有了这么亲近的血缘和亲缘关系（尽管，如果追溯到几十亿年以前的话，我们可能会发现，所有地球生物的祖先原来都是一样的）……当下社会有一种现象很值得深思和警觉，凡是曾经在城市里流行过的东西，无论它有多么糟糕，哪怕它是垃圾，迟早有一天也总会出现在乡村里，并成为流行的风尚。宠物狗也不例外。好在，我们家的这条狗除了吃的可能也比它的前辈们好很多之外，它依然还是一条狗。一家人对它之所以善待有加，只是因为它也是一条生命。在这一点上，我们确实和它一样。

以前，雪域藏区有很多的狗，有些县城的狗甚至比人还要多，一个小县城的狗大大小小加起来，少说也有千儿八百的庞大队伍，而且大凡无家可归。我曾不厌其烦地思考过一个问题，那就是它们靠什么维持生计。它们不同于寺院上的狗，难道也有人专门为它们提供布施和给养？但是，后来它们突然就从我们的视野中消失了，像是被神灵秘密派遣到了一个不为人知的地方,我们再也看不到它们的身影了,我想念它们,就像想念久别的朋友。后来才得知,这个疯狂的年代曾有食狗者盛行。那就是了。除此,那么多的狗是无法一下子从那么多地方消失殆尽的。

我曾在《狗正列队走在身后》一文中也写到过一群流浪狗,也摘录于斯:

那天黄昏,当我从曲麻莱县城边那座海拔近5000米的山冈下走过时,有几十条体形高大的狗正列队走在我的身后。它们不紧不慢不远不近地随我前行,我们就像一支从远方的征战中凯旋的队伍……

我谢过朋友的酒和手抓肉与他告别,而后就从那扇柴门里出来。一抬头就望见了西面的天际里燃亮着的彩霞,就一直望着那彩霞仰着头颅走在那山坡上。一不留神,脚被什么东西绊了一下,才低头看路,发现自己正误入歧途走在一堆垃圾上,就借着酒劲儿恶狠狠地骂了一句什么。这垃圾都已堆到地球的头顶上了,你还能指望其他地方没有垃圾吗?也就在这时,我不经意间眯着一只眼向身后斜斜地瞪了一眼,就发现了那些狗。起初,我还以为我是醉眼昏花了。及至看真切了，心中不由得一惊，那点烈酒便从脑腔深处夺路而逃四散而去。于是就留下一片几秒钟的空白，狗们就乘虚而入，占据了我所有的思维空间，我很清楚，那就是恐惧。

当我发现那些狗一字排开跟在身后时，先是一阵慌乱，后才定了定神，但还是不知该怎么做。我当时可能假装镇定，做了个手势或者扮了个鬼脸，但是很显然，狗们不为所动。我曾听说过群狗尾随并伺机疯咬醉汉寻开心的故事，就断定是我身上的酒气招惹了它们。但我已经无路可逃，我只能面对。这时，我看见垃圾堆上有半截毛绳，便心生一计，顺手捡起了那半截毛绳，像是抓住了救命的稻草。狗们好像被我的这一举动着实吓了一跳，但它们很快就看透了我的那点狗胆力。后来，我自己也觉得我是在虚张声势。不过那半截毛绳确实壮了我的行色。我晃动着它，就像晃动着摩西的手杖，它护送着我，直到住地。我进了门，回过头看那些狗时，它们就站在门外的路边上静静地望着我，眼睛里闪射着一层细碎的光芒，像是泪。我灵魂深处的某个地方好像被那光芒灼了一下，我感觉到了疼痛，便有一丝诸如感动之类的东西在心胸涌动。便问自己，它们难道是在护送我吗？那么，是谁让它们来护送我的？难道我所走过的路上曾潜藏着没有被我觉察的危险，而它们却已被事先告知了？于是，我就呆呆地站在那里，用感激的目光去抚摩它们的心灵，然后，向它们挥了挥手，说道：兄弟们，晚安。

这些流浪狗，大多也是藏狗，间或也有几头藏獒。当一头藏獒与一群流浪的藏狗从远处走过时，藏獒便居于统领的地位。而藏狗们则围在藏獒的前后左右，欢呼着、跳跃着、奔腾着，像是在炫耀什么。有一个词叫狗仗人势，那是否就是狗仗獒势呢？由此我想，假如狗类的世界也有阶级，藏狗当属底层贫民阶级，但就是这不起眼的藏狗，却在我的人生中留下了太多的回忆。

总体来说，我是一个并不喜欢狗的人，虽然也曾养过狗，但谈不上喜欢。可我还是会想起那些记忆中的藏狗，甚至可以说那是一种想念。从这个意义上说，人是一种充满复杂思想和矛盾情感的动物，这在整个动物世界十分罕见。别的任何动物都不会这样，它们爱憎分明，任何时候都不会处于模棱两可、摇摆不定的境地。也许藏狗也一样。所以，我还时常想起依然健在的那条藏狗，但它应该不会。它想起我的唯一可能是，我一下出现在它面前，并像以前一样大声对它呼唤一声，来唤醒它曾经的记忆。之前，想起它时，还有一些牵挂和担心。一想到这里，也就不怎么牵挂和担心了。因为，它不会像我一样，动不动就会想起以前的事情，所以，过得会很平静。而这正是我所希望的。

湟鱼与蝌蚪

多年来,有一个故事一直铭刻在心里,每次想到这个故事,我便会禁不住热泪盈眶。那是一个老牧人和湟鱼的故事,故事发生在布哈河边上。布哈河是青海湖最主要的补给河,是青海湖湟鱼集中产卵的地方。以前的布哈河没有任何阻拦,它从祁连山麓、从天峻草原一路奔来,舒缓、宁静、清澈、欢快、酣畅淋漓。但是,从20世纪五六十年代以后,布哈河上就有了一些水坝,而且越来越多。这些水坝不仅拦截了河流,也破坏了河流原本的生态。每年的湟鱼产卵季节,往布哈河洄游的湟鱼就遇到重重障碍,这还是其次,最要命的是，很多的湟鱼趁河水暴涨的时机拼命涌向了河水，而且拼命地向上游翻滚，但是，就在这时，灾难降临了。因为水坝蓄水或其他原因导致的枯水，使布哈河几近断流。于是，满河床急于产卵的湟鱼就憋死在那里。

是那个老牧人最先发现了这个惨状，因为每年的这个季节他都会来河边上看望那些鱼儿。他被眼前的情景给惊呆了，他已经来不及细想到底发生了什么，他脱下自己新做的藏袍，把它平铺在河床上，然后，小心地将那些鱼儿捧到皮袍上，再把它们送到下游的水深的河中放生，一次、两次……十次、百次……整整一天他都在忙着救那些鱼儿，皮袍毁了，他却救活了无数的鱼儿。接下来的几天里，他一直在那河边上抢救那些鱼儿，以后每年的这个季节，他都到河边上来抢救那些鱼儿，年复一年从不曾间断，直到他去世时还叮嘱后人们一定要去救那些鱼儿，否则，他将死不瞑目。后来，每年的湟鱼产卵季节，布哈河边上就有一些牧人专门抢救那些滞留河床危在旦夕的鱼儿。

这是一个真实的故事。在一片"救救湟鱼"的呼唤声中，我尤其珍视这个故事所具有的人性力量和精神品质。它让我懂得了一个简单的道理，要保护万物生灵，仅有呼唤和打击是不够的，关键是得让充满了爱心的良知又重新回到人们的心里。要是那样，我们就不再需要呼唤和打击。但是，人的爱心和良知又到哪里去了呢？是谁放逐了我们原本的良心？又怎样才能让它重新回到我们的心里呢？一种普遍生命意义上的道德伦理体系是一朝一夕就能构架得了的吗？我们所缺失的已经不仅仅是普遍的爱心和良知，也许还有能让爱心和良知滋长衍生的土壤，我们心灵的水土已经大面积流失，我们灵魂深处的精神生态可能已遭到比自然生态更为严重的破坏。

而最糟糕的是，心灵世界生态的缺失和破损已成为大自然生态遭受更严重破坏的源头祸水。而大自然生态环境的严重失衡却为心灵生态的修复增加了难度，大自然最终将会对人类的心灵施加致命的影响。我还不能断定，那时人类还有没有力量承受那最后的压力，但是，我可以确定，如果人类物质世界的外表继续越来越强大，那么，它心灵世界的生态就会越来越脆弱。现代社会的许多弊病就是其前兆。

在高原所有的生命万物中，我对鱼类的认识尤其有限，从科学的意义上讲，我对它们几乎一无所知。在生养了我的那个小山村里，除了池塘里养的鲤鱼，很多人至今没见过活

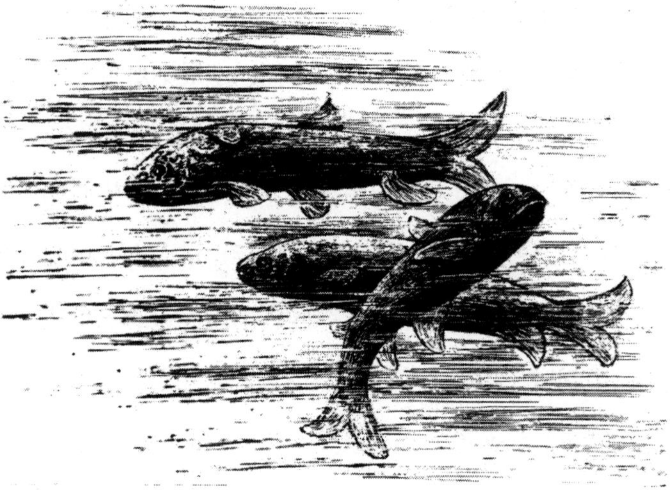

着的其他鱼类。以前,村庄附近的小河沟里,有一种很小的鱼,比小蝌蚪大不了多少。我在很小的时候曾看见过它们,后来它们就从那小河沟里突然消失了,没有人留意过它们消失的具体时间,更没有人知道它们为什么会消失或者去了哪里。虽然,后来我在青藏高原的每一条河、每一片湖水中都曾看到过很多的鱼,甚至有一次,在高原腹地,我还蹲在一片只有几十平方米的小湖泊前,在一簇簇金黄的水草之间,看到过一种虾米大小的金鱼——也许它们根本就不是鱼,但我还是把它们当成鱼类进行了差不多有一个小时的观察。很多年前,还曾亲眼看见过有人用炸药捕鱼的情景——他们在一个装满了炸药的玻璃瓶里装上雷管,然后点燃导火索将瓶子扔向河水,听到一声轰响之后,等候在下游河边的人们就纷纷跳进河中,就在这时,一大群肚皮朝天的鱼便已漂至眼前——这也许就是竭泽而渔,那情景真是惨不忍睹——但是,我从不曾有机会和条件对鱼类的生活进行过深入的观察和了解。

它们都生活在水的世界里,而水的世界对我就是一个遥不可及的地方,哪怕我就站在一条河边上,我都能感觉到它和我之间的遥远距离。我自幼还被告知,水是神圣的,泉水中不可以洗脏东西,不可以直接用手从泉眼中取水饮用,不可以直接用嘴对着泉眼喝水，不可以在河水中撒尿或往河水中抛弃脏东西……所以，我对水的世界一直满怀敬畏，即使长大以后，我也从不敢轻易涉足一条河流——哪怕它是一条很小的河流。

在所有的水生物中，我只对小蝌蚪进行过仔细的观察。我们村庄后面的山坡上有一眼山泉，有一间屋子那么大，泉水微苦，村里的牲口都在那里饮水。它有一个很怪的名字，叫"荷布洛"，没有人知道它准确的含义，我猜想它与那泉边的黑土和泉水中的小蝌蚪有关。小蝌蚪像鱼，但不是鱼，它是蛙类的幼体。小时候，至少有六个夏天，我几乎每天都有几次从"荷布洛"身边走过，有时还在那里逗留很长时间。那时，我牧放的牛羊就在泉边的山坡上啃着青草，而我就蹲在泉边的石头上，一边欣赏着蜻蜓点水的优雅风采，一边就观察那些小蝌蚪的变化——我之所以耐心地观察它们并不是出于兴趣和爱好，而是因为我在那山坡上有足够的时间没地方去打发。于是，我就看到了一只小蝌蚪的整个生命过程。

那泉水中有不少青蛙。有一天，我突然发现被我们称为胰子的那些软体漂浮物实际上就是青蛙所产的卵，我看到了它从青蛙身体里一点点诞生的样子，它们一大片连在一起，一头还连着青蛙的屁股,一头就已浮在水面上,一只青蛙所产的卵看上去比那只青蛙本身还要大。那些青蛙卵是一个个黑褐色的小泡泡,每个小泡泡有一粒豌豆那么大,它们连缀在一起就成了一串小泡泡,在夏日高原灿烂的阳光下闪耀着幽暗的光芒。

记不大清楚了,可能只过了三两天时间,我就看见一只只小蝌蚪从那一串小泡泡中滑了出来,从每一个小泡泡里都钻出一只小蝌蚪,于是,那泉里到处都是小蝌蚪了。又过了三五天时间,那些小蝌蚪的前身就长出了两只翅膀样的东西,后来的几天里那两只翅膀就变成了两条前腿,头部和眼睛开始变大,这时它的两条后腿也已长成翅膀的样子了。等两条后腿也完全生成的时候,小蝌蚪身后原来长长的尾巴也就一天天地消失了,等那尾巴完全消失之后,那些小蝌蚪也就变成了一只地道的青蛙。

也许正是因为这样的经历,我才会在想到湟鱼的同时想起蝌蚪来。所谓无知者无畏,无知往往会让一个人的思维通往更加无知的世界,但偶尔也会令自己大开眼界。其实,湟鱼与蝌蚪没有直接的亲缘关系,湟鱼是一种鱼类,而蝌蚪是蛙类的幼体。虽然,它们都生活在水里,但是并非同类。而且,蝌蚪长大之后就会变成青蛙，可以上到陆地上爬行，成为两栖类，而湟鱼和所有鱼类一样，一旦离开水世界就难以活命。当然，在很久以前，它们也是近亲——很久以前，它们和人类也是近亲。

2014年初夏，一家人去青海湖。我没有看到湟鱼，却在湖滨沼泽看到了一群蝌蚪。我带着年仅7岁的女儿徒步穿越湖东岸那片湿地——其实就是一片沼泽。因为气候变化，沼泽也在退化，露出了一座座已经没有了植被的小土丘，我和女儿就在那些小土丘上向湖南岸方向跳来跳去。有时候，沼泽里小土丘的间隙太大，女儿跳不过去，我就抱着她跳，有几次，就跳进了一片水洼。钻出来，将女儿放在干燥的地方，回头看时，那片水洼里有一群青蛙正在产卵，已经产出的蛙卵像浮萍一片片漂在水面上。因为阳光的照射，一些水草和别的水生物便有了黄铜一样的光泽，一派蛙卵也闪耀着金色的光芒。

我突然想起法国影片《喜马拉雅》里喇嘛诺布的一句话："如果你要选择一条路走，就选一条最难走的。"因为，走一条最难走的路，你往往都会有意想不到的收获。对人是这样，对鱼类和蛙类也是这样。因为选择了这样一条路，我们才遇见了一群青蛙和蝌蚪。

那时,我猜想,这些蝌蚪或蝌蚪长成的青蛙应该遇见过湟鱼,因为青海湖就在不远处。湟鱼在湖中的咸水里游动,到了产卵的季节,则要洄游到岸边的淡水中才能产下鱼卵,而青蛙们就栖息在岸边的淡水里。可是,我不知道,一颗鱼卵遇见一串蛙卵,或一条产卵的湟鱼遇见一只产卵的青蛙时,会发生什么样的故事。也许什么也不会发生,也许湟鱼和青蛙都会把它们相遇的情景讲给它们的后代们听,这样,鱼类和蛙类的世界里,就会有一个故事流传。也许,它们的相遇会是一种冒险,我不能肯定湟鱼会不会攻击蛙卵,但青蛙也许会吃掉鱼卵。即便这样,湟鱼和青蛙都不会改变产卵的季节,更不会改变产卵的地方。任何一种生命的延续原本就是一次充满艰辛的跋涉,就是一次冒险,湟鱼和青蛙也不例外。